藏神鄉

「妳覺得怎麼樣？」
「這……真的可以嗎？」
「嗯，我跟巴海人用比較划算的價格買的。
雖然不是項鍊……」
「沒問題的！這個很漂亮，
我——我很喜歡！比項鍊更喜歡！」

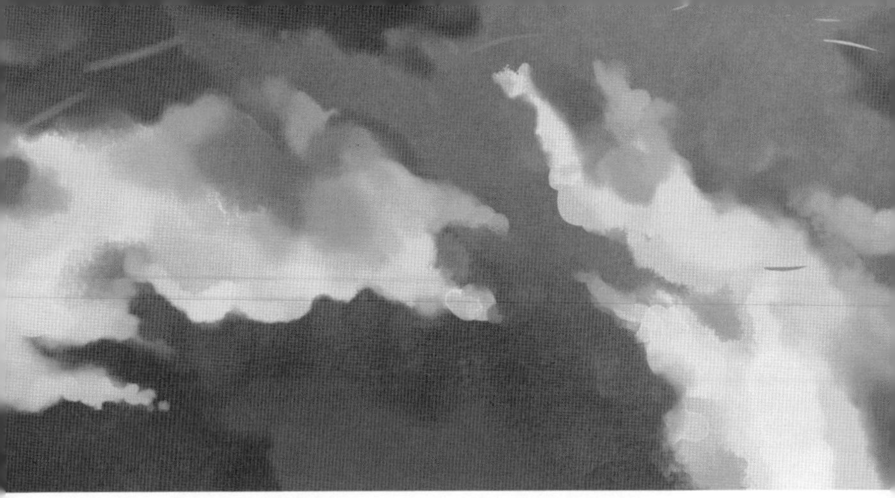

藏神鄉

首刷限定別冊

- 藏神鄉番外篇
- 作者專訪
- 繪師專訪

【番外篇】 歸屬

【番外篇】歸屬

一對年約四十的夫妻站在蜿蜒的碎石山路上，遲疑地抬頭看著。

他們的目光並不是蒼穹天頂，而是土與岩石夾雜的山壁上，一株正懶懶地迎風搖曳的小果樹。若不是它終於結了一批火紅的小果子，這對夫妻或許要更多年的時間才會注意到這株樹。

「肯定嗎？梅朵？」

「肯定的。肯定是。」

「要不，吃看看？」

男人說完便想伸手，卻被女人用力拍掉。

「誰准你吃的，次仁！」女人甩著長髮，狠狠瞪了自己丈夫一眼。然後才若有所思地回望那株小果樹。「我來。」

丈夫不敢喊疼，只是不明白地望著她，似乎無法理解誰來吃果子的差別在哪。

梅朵貼在岩石上攀爬，小果樹長的位置不算太高，她沒爬幾下便來到果樹旁；或許是生長的位置不好，葉子並不茂盛，果子也小又難看，枝幹細瘦到一折便斷。她小心翼翼，挑了個最豔紅的、拇指般大的果實摘下，隨手擦了擦便塞進口中。

一股帶酸的清甜在嘴裡擴散，梅朵摀住嘴，顫抖的爬下山壁。

「怎樣？是能吃的果子唄？」次仁雙手插腰，卻看見她的眼眶濕潤，眉頭緊鎖起來。「梅朵？哭甚麼哇！」

她朝果樹的位置跪在地上，淚水抑制不住的湧了出來。

「姊姊……是姊姊啊！」

說完，她泣不成聲地倒在丈夫懷裡。

❧

找回家中的族木，這可是件大事。

族人一開始只派了三個壯丁去挖樹，但又怕破壞了樹的根，只好決定連石頭與土都一起帶回來，光這樣的動作，又逼得他們另外派出五名男人——最後這場搬樹的過程幾乎聚集了半數的族人前來觀看，大部份只是出於好奇心。

「搬回去後種哪兒？」

「她丈夫波契旁邊吧。」

「別，這樹太病弱了，種到波契旁會被吸走養份的。是誰找到這樹的？」

「她妹妹……」

梅朵騎著馬跟在運樹的隊伍後頭，內心的激動已平靜下來，她沒有看那株果樹，

【番外篇】歸屬

也沒有聽見族人們討論什麼，直到她發現許多人的目光停在自己身上。

「怎麼？」她皺起眉頭。

「問妳覺得拉姆達瓦要種哪兒好哇！」一群人紛紛應道。

「她是波契家的人，當然和丈夫擺在一起。」

「真的？不怕枯死了？」

「怕甚麼，這樹在光禿禿的山上長了那麼多年，不也好好的，吭沒吭一聲。」

然後她輕哼著鼻息，夾起馬腹加速前進，留下一群無聲互看的人們。

「——樹會吭聲的麼？」

不知道是誰先打破沉默，問了這一句。

自然無人敢應。

❧

最後拉姆達瓦的果樹還是種在她丈夫的果樹旁，波契死後變成的果樹茂盛健壯，有如他生前的英俊卓姿，而旁邊那營養不足的小樹，風一吹起時就像是依偎在大樹旁，讓人見了就心生憐惜。族人們在安置完後，紛紛約好要對那株樹特別照顧，每個人都得輪流去看照一番，唯獨德吉梅朵默不作聲，好像這株樹的未來與她沒有任何關係似的。

「梅朵，這樣可好？」次仁回到帳篷屋後，劈頭便向坐在床鋪上的妻子問。

「她回到丈夫身邊了，有甚麼不好的。」德吉梅朵抱著剛滿週歲的女兒，將口水沾濕的軟餅一點一點地送入她口中。「她小的時候就得人疼，成了樹後也一樣，哪裡不好？」

「喔……我只是想，妳那天分明哭得厲害，怎一回家就變了張臉似的。」

梅朵垂下眼簾，盯著懷中可愛的女娃。

——梅朵，告訴姐姐，妳最喜歡哪個男孩兒？

最……最高的那個。

——真的？波契？我也是吶。

甚麼，那怎麼辦！

——怎麼辦啊……只好讓給妳囉。

眞的？

【番外篇】歸屬

——真的。因為姐姐最喜歡梅朵了！

「她比誰都還喜歡波契。」梅朵忽然開口說道。「而我，找著她了，這樣就夠了。現在……咱們都擁有她了。」

次仁不應聲，只是悄悄坐到她的身旁，擠眉弄眼地傻笑著。

「嘿嘿，我的好妻子啊……」

「——幹甚麼？」梅朵冷冷瞪了他一眼。

男人微笑著不說話，溫柔地伸手將她摟緊。

梅朵也回靠在他的胸膛上，隨著他搖曳起身子；那畫面有如樹園角落中，高大的果樹與小樹溫柔地共舞著。

現在……咱們總算都有歸屬了。

梅朵嘴角浮起一抹平靜的笑。

在黑暗之中期待著希望的光輝、
在戰鬥之間爭取著和平的機會、
在現實沉重的城市裡尋求一座烏托邦，
這是我對奇幻的寄託，
我有一半的魂魄
都留在那裡了。

——月亮熊

月亮熊專訪

請問月亮熊這個筆名的由來典故？

原本最早筆名是在國小時取的「月亮下的熊」，熊是我的代表，而「月亮下」只是想呈現一種月色下悠閒舒適的感覺，只是因為不好記，大家常常會簡稱月亮熊，久了我覺得也很耐聽，就一直用到現在了。這個筆名老實說並沒有太大意義，隨時換掉其實也可以，但就是一直想不到更好的筆名。加上月亮熊現在被用來代指台灣黑熊，我的英文筆名是U.t.formosanus，其實也是台灣黑熊的學名改來的，我覺得如果能具有台灣代表性的話，是一件很棒的事。

「奇幻」對您來說是什麼？

如果單指奇幻的話，他能包含的要素與範圍都很廣，甚至有些幻想類小說也被認為是奇幻的一種。不過其實我個人更沉迷於硬奇幻，也就是傳統的劍與魔法，例如龍與地下城、魔戒一類，那跟我的童年記憶有關，可能不是所有人都能認同，但我在接觸《魔戒》時，那種嶄新的故事類型真的使我受到很大震撼，從那之後就一直對歐美奇幻很有興趣。

在很多地方，都提及您對奇幻的喜好與狂熱，請問您是如何踏入並迷戀上奇幻的世界？

真正讓我面對奇幻世界，是在我開始想寫一部屬於自己的史詩奇幻時開始的。我想寫一部充滿政治性、有娛樂性、卻也嚴肅的大眾文學，像硬奇幻這樣的架空世界是我認為最好的選擇，所以為此去看了很多歐美的硬奇幻小說，那簡直就像是看到新天地。這時候我才找到一個能夠自我挑戰的目標，當初想挑戰硬奇幻，很大的一個原因是為了讓自己練筆力，起初嘗試時真的很痛苦，但也跟拉筋後的感覺一樣爽快，不知不覺寫久了、做了許多功課以後，自然就對奇幻題材產生更多感情，才會變成現在這樣。雖然我去挑戰歐美奇幻，就跟外國人來寫武俠一樣，很容易缺乏該有的味道，但就是這樣才讓人想挑戰，所以我也還在努力找到只有我才寫得出來的硬奇幻故事。

請問您對本土奇幻小說的想法？

這個問題很廣，因為奇幻能包含的種類實在很多，但我覺得台灣在玄幻表現上其實是非常豐富的，如果光論幻想小說，其實也都做的很棒，畢竟硬奇幻還是有地方文化的影響，很多跟我一樣真正想挑戰歐美奇幻的人，都還停留在仿傚風格的階段，覺得只要文化風俗完全像歐美一樣就好，但我總覺得那還不是「台式奇幻」的最終答案。日本就融合的很好，不管是烙印勇士、迷宮飯、或是羅德斯島戰記、狼與辛香料等等，其實還是大量保留了日本自身的特色，我就是想試著做到那樣。目前伍薰前輩的《海穹英雌傳》就做的很用心，設定上充滿本格奇幻風格，筆法與設定發想卻又充滿台灣味或東方味，是我覺得非常厲害的表現手法。

《難道硬奇幻已經不行了嗎！？》、《千年樹的輪轉之詩》和《藏神鄉》這三部作品都是奇幻，但風格迥異，在創作的歷程上各代表了怎樣的心態轉變或特殊意義？

前兩部嚴格說起來，《硬》算是奇幻穿越輕小說，《千年》則是現代魔法戰鬥輕小說，是為了符合輕小說的需求而寫的，畢竟我總不可能拿硬奇幻投稿輕小說啊（笑）。但是寫輕小說也確實讓我學到不少東西，讓我慢慢迷上寫輕小說的感覺了，感覺我寫著寫著會變年輕（肯定是錯覺）。《藏》則是很東方幻想的作品，對我來說其實更接近玄幻。雖然我最早的目標是寫硬奇幻，但我知道台灣對東方元素還是更有興趣，所以才試著寫出我理想的東方幻想，包含了濃濃的民族風與藏族風，結果因為西方風格的文字寫慣了，要我寫出文言一點的文字還真的很困難，在拿捏筆風的同時反而產生了很異色的氛圍。寫的時候並沒有想那麼多，什麼風格我都想試試看，就只是單純抱著這樣的心態去做。所以之後可能會突然挑戰本格推理什麼的也不一定，不會特別想停留在同一種文類裡。

請問您對創作生涯的期望與目標

我想要繼續寫小說，什麼小說都行，讓我知道自己還能持續做某件事就好。其他詳細內容還沒規劃好，敬請期待（笑）。

在您寫過的作品中（包括同人作品），那部作品對您有特別意義，為什麼？

每部作品都滿有意義的，但如果說到讓我重看也不會覺得是黑歷史的，大概就是《岡堤亞》了。他成功包含我理想中的政治性、故事性與娛樂性，還帶了點腥羶色，同時也是架空硬奇幻，只是背景更接近工業革命時期，但他也是最冷門的作品；《藏神鄉》我自覺並沒有做的更好，但很多人都會對《藏》印象深刻。原因是什麼呢？真的是因為東方元素嗎？我現在還在試著理解當中。

除了小說寫作外，您是否還有想發展的方向？例如影視、音樂、繪畫方面？

只要是能讓我說故事的媒材我都很愛，畢竟說到底，我只是想要說故事而已。所以我並不排斥異業合作之類的事情，但在這樣影音豐富的年代中，小說的地位正在漸漸改變，或許變的更接近劇本了也說不定，「對話」的學問變得非常重要。所以想以文字為業的話，還是必須學會面對這樣的問題，除此之外，我最近還滿想做遊戲的（笑）。我是傳統單機派。單機在未來肯定會重新崛起的，單機萬歲！

有喜歡的作者嗎？這些作者或作品，對自己在創作上或心態方面，有實際的影響嗎？

我沒有特別喜歡的作者，但有特別喜歡的作品。例如改編成《巫師》遊戲的小說《獵魔士》，作者安傑來台見面會時給了我很大啟發，很多作者都會述說自己對作品的愛，但《獵魔士》作者卻完全否定自己對作品的好惡，一切以讀者至上，只寫讀者愛看的東西，完全不想考慮自身喜好，但他還是有自信能寫出迷人的故事。某種程度上，安傑表現出商業小說家應該要有的覺悟，讓我明白到，追求絕對的商業性，與創作好看的故事是完全不相悖的。對於只想寫自己喜愛的故事，又試著讓他人也喜愛的作者而言，安傑展現出完全相反，但一樣驚人的覺悟，我覺得非常厲害。反過來說，或許「覺悟」本身才是對作者來說最重要的。

有什麼話想對第一次接觸您作品的讀者說呢？而對您的忠實讀者們，有什麼想特別談的未來計劃？

第一次的讀者：小的還在努力，希望你們喜歡ＱＱ
忠實讀者：小的還在努力，希望你們繼續喜歡ＱＱ

惟有實際拿起紙筆繪圖，
才能在沒有加任何濾鏡的情況下清楚知道
自己的水平到哪兒。

——MOMOKO

MOMOKO專訪

MOMOKO 老師似乎很小的時候就開始畫圖了，是怎樣的契機開始繪圖的？

似乎是自有記憶以來就已經拿著筆在塗鴉了，要說契機的話，應該是小時候已經很喜歡看日本的動畫。看到喜歡的角色就照著畫，甚至用動畫裡的世界觀創造自己的角色和漫畫，覺得畫圖是將自己腦內天馬行空的幻想表達出來最直接的方法。

2012年整理的十年變化記錄

手繪與電繪的起點與轉變？對於這兩種創作方式的想法？

說到起點要追溯到中學上課時電腦課教用” PhotoImpact” ！明明那是修圖軟件我卻把它用來畫 CG，而且是鼠繪 XDDD（真佩服當時的自己有如此毅力）。到了高中畢業時朋友把沒有在用的繪圖板送給我，才開始使用繪圖板及比較正規的繪圖軟件作畫。

隨著科技進步，電繪逐漸取代手繪也代表它有一定的優勢，但很容易讓人以為電繪只需要懂得用酷炫的特效來吸引眼球，而忽略了練習基本功的重要性，相對於手繪的獨一無二，是電繪無法取代的，也惟有實際拿起紙筆繪圖，才能在沒有加任何濾鏡的情況下清楚知道自己的水平到哪兒。

即使現在各種強大的繪圖軟件盛行，仍然沒有工具能讓人一下子從菜鳥變成大師的。所以我認為無論哪一種方法也好，最重要的還是要看作者自身的創作能力。

雖然平常主要是用電繪，有空時也喜歡手繪練習

毛球迴圈是在怎樣的契機下誕生的？之前有過其他的社團嗎？

在毛球迴圈之前高中時期有跟朋友一起組過社團，後來到台灣唸大學時，第一個學期已經自己跑去同人場次朝聖，那時剛到台灣時還沒有認識很多動漫圈朋友，場次上一人社團也不少，心想也許可以用個人社團名義去擺攤試試看吧？於是就開始一直到現在了

毛球迴圈早期的同人誌~~黑歷史~~

最喜歡繪畫的主題或角色是？

最喜歡畫女孩子，還有滿滿蝴蝶結、荷葉邊的衣服。除人物外，很喜歡畫花、廣闊的天空和星空等等的自然景觀。

對於繪畫的目標？

因為現在除了畫圖仍需兼顧正職工作，目前希望能先在這兩者之間找平衡點，在不會餓死自己的前提下（?）繪圖方面做不同面向的嘗試。中遠期目標的話希望能正式推出個人畫集，為此正在努力增加作品量中。

在《藏神鄉》的插圖中，你最喜歡哪一張？為什麼？

內頁插畫其中白瑪騎在馬上，背對著陽光哭泣的那張。在收到插畫規劃文案時就特別喜歡月亮熊老師描寫這一段情節，腦中便率先浮現出草稿了。可以有別於畫一般插圖時白瑪都是開朗的表情，努力地想要表達出跟平常不一樣的悲傷氛圍。

有希望能合作的作者／創作者／藝人歌手嗎？為什麼？

不算得上是合作，但有時會幻想要是有一天自己設計的角色能夠由自己喜歡的聲優配音的話那就此生無憾了……純粹因為自己是一個聲控，平常作畫 BGM 除了聽喜歡歌手的歌，還會聽一些聲優雜談和廣播劇等等。如果自己的角色由擁有美聲的人賦予靈魂，對我來說就是最棒的獎賞。

喜歡的創作者？在創作上或心態上有受到如何的影響呢？

喜歡的繪師（例如武田日向、Rella、星野リリィ等等）都是在光影與顏色運用、線稿處理特別出色又有個人風格的，因此自己的圖也會受影響，繪圖時特別注重配色和線稿細部處理。

喜歡的動漫遊戲角色？

《Free!》裡面的松岡江，還有《APH》裡的灣娘等等，最喜歡開朗堅強的少女角色！

想對第一次接觸 MOMOKO 作品的讀者們說些甚麼呢？

《藏神鄉》是我第一部負責插畫的輕小說作品，對於自己來說各方面都是一個新嘗試，也許目前我的作品仍有很多不足的地方，但如果能讓大家藉著插圖，在拿起小說閱讀時能更投入就好了，今後也請大家繼續多多指教！

藏神鄉別冊

藏神鄉番外篇

作者　月亮熊

月亮熊專訪

企劃　藏神鄉Project

文　月亮熊

圖　梓梓（P11）

MOMOKO專訪

企劃　藏神鄉Project

文　MOMOKO

圖　MOMOKO

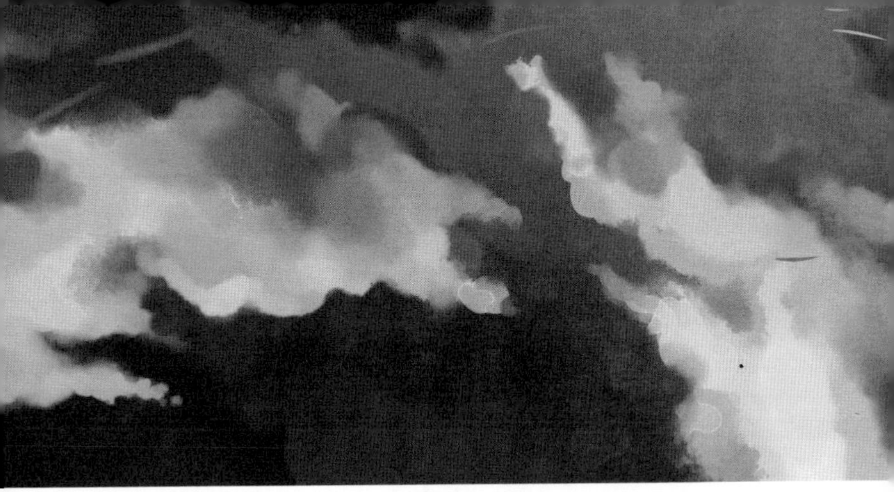

月亮熊作品

藏神鄉

上篇

題字　邢悅
插畫　MOMOKO

【壹】芽

【壹】芽

德吉梅朵駕馬穿梭的聲響驚動了銀樹林的風，它們在耳旁呼嘯，被梅朵奔馳的身影牽起了一道軌跡。

銀色的漿果與葉片在枝頭顫抖，薄薄的灰霧更是加深了銀樹林蒼涼的景像，她喘著大氣，滿心只想追上眼前的姊姊，完全無暇思考兩名少女擅自在霧中闖進森林，是件多麼危險的事情。

「拉姆達瓦……拉姆達瓦！」德吉梅朵焦急地喊著姊姊的名字。

前方自然沒有回應。

拉姆達瓦的身影離她十分遙遠，讓她只能勉強追著那燦黃色的裙子跑。

但當霧越來越濃之後，達瓦的鮮黃色裙襬被霧染上同樣的色澤，好似她也成了一株銀森林的銀花樹。

過了沒多久，那道身影幾乎消失了。

德吉梅朵只好放慢速度，一邊搜尋姊姊的身影，一邊祈禱濃霧能盡快散去。

——爲什麼姊姊要來到這地方？

她咬著唇暗自回想，焦急地在馬鞍上抖著腳，手中的韁繩也捏到快出汗來。

拉姆達瓦今天穿得特別漂亮。

她一早就穿起燦黃的及膝絲織裙袍，套上火紅的長靴，脖子掛滿五色珠，還請母親梳整她的長髮，紮成又細又整齊的長髮辮垂掛在耳側，剩下的長髮則抹了點油，迎風搖曳的卓姿頗有幾分母親當年的美。

族裡的人都說，她想必是要去會某個幸運的情郎——果真是這樣的話，追在她身後焦急大喊的人就不會是梅朵了。

之後她又騎了好一段路，卻依然不見姊姊的蹤影，這下原本的焦急與不安頓時化為憤怒，梅朵索性在沉寂無聲的樹林中大喊：「我不理妳了，拉姆達瓦！我要回家，妳聽見沒有？」

不知道大喊了多少回後，遠處才終於傳來遙遠的回應：「在這兒，梅朵！」

梅朵先是驚喜地鬆了口氣，卻又馬上不甘地咬起唇來，思考等會兒該怎麼教訓達瓦。姊姊的聲音聽來並不遠，模模糊糊間，她終於看見達瓦的馬兒栓在樹下，銀葉落滿馬背，讓馬兒不停搖頭噴息。

梅朵也跳下馬，將自己的愛馬與姊姊的綁在一起。

「可憐啊，地上的銀果兒可是吃不得的，如果你跑餓了，也是我姊姊害的。」

梅朵拍拍馬頭，學牠哼了一口氣，便轉身朝霧裡深入。

她穿過微涼的薄霧，才沒多久，便看見拉姆達瓦的人影。她精心打理的頭髮就這麼亂了，幾片銀葉黏在她頭上，而達瓦微笑的臉上帶著暈紅，哈著氣，彷彿很喘

【壹】芽

的模樣。

「德吉梅朵，我要死了。」一見到梅朵的身影，她便斷斷續續地開口說著。

而梅朵只是懷疑地揚起眉毛，對她露出憤怒的表情。

「說這什麼話呢。我倒想問問妳為什麼不等我？妳知道我一個人在霧裡多害怕麼？」

「是啊……還記得我們以前在這裡迷路了麼？妳怕得一直哭，怪我帶妳來這裡玩，我只好拚命安慰妳、牽著妳四處找路，其實那次我也怕得發抖。」

「妳還哄我說餓了就撿地上的銀果子吃。」

「對，結果我們撿了一堆，才發現銀果子根本是臭的。」她輕笑起來。

「那和妳來這裡有什麼關係？」梅朵不悅地瞪著她。而達瓦卻不理應，只是逕自抬頭望著天空，頭上的珠飾也隨之喀啦作響。

「因為我見著了，天頂上的樹——」

「天頂才沒有樹！」

【壹】芽

「就是有。」她回頭看向梅朵，笑容有如一朵綻放的紅花。拉姆達瓦穿著右開襟的袍裙，上頭繡了鮮紅的花朵與枝葉紋樣，當她轉起身子時，飄揚的裙襬為森林帶來了些許生氣。「我說有就是有。開滿花果的大樹，和族裡的樹比起來更大更漂亮，妳絕對沒見過。」

「這裡的樹也不會開花。」梅朵更惱怒了，她拉著自己來到這裡，嘴裡卻盡是些胡言亂語。「——樹只會結果，而且還是不能吃的果。」

「妳不開心了？」她偏頭，臉上依然掛著微笑，伸手想碰梅朵的臉，眼前的妹妹卻狠狠別過頭。

「我生氣！氣妳害我擱著工作就跑來了，還追得妳滿頭大汗，回去又得被阿帕、阿媽教訓。妳究竟在想什麼？」她鼓起臉頰，濕潤的雙眼閃爍著委屈。

達瓦立刻驚愕地閉上嘴，用那對漂亮的雙眼凝視著妹妹，梅朵也回望著她，無法理解她此刻心底想的是什麼。

明明她們是雙胞生，為何達瓦總是做事這麼神神秘秘的？況且她們已經十五歲，也早領過成年禮了，姊姊卻仍像十歲時那樣衝動魯莽。

「妹，妳聽好……」她輕輕牽起梅朵的手，雖然妹妹賭氣地甩開，但達瓦又旋即伸手握住。那力道將妹妹抓得牢牢的。

「幹嘛啦。」

「妹妹，我快變成芽了。」她的聲音細細地在梅朵耳畔迴盪，有如一道低鳴。說完，燦黃色的她倒在梅朵肩上，與妹妹身上的白色裙袍重疊在一起。

她暗暗啜泣起來。

梅朵愣愣地睜著杏眼，眼前的視線頓時模糊不清，雖然還不知道姊姊說的話是否可信，但她只知道又一片銀葉在自己眼前晃動。

——轉眼凋謝落地。

幸好白霧很快散去了。

她們騎著馬兒穿越銀森林，穿越樹枝交錯的小徑與彎道，出了森林之後，眼前是一片灰綠色的平坦草原，各色的小花零碎地開在地上。

——她才剛將自己的手緊緊握牢，爲什麼駕上馬後，卻又像是要將我拋棄而去的模樣？

她們沿著草原的高處奔馳，姊姊駕馬的速度快得像一陣狂風，讓身後追趕的梅朵腹部又抽痛起來。

沒多久後，達瓦在草原中央放慢了速度，然後跳下馬兒，安靜地站在原處等著梅朵趕上。或許是太久沒騎這麼長時間，兩人都喘著大氣，就連雙腿都開始感到痠疼，她顫抖著雙腳地下了馬，迎風看著遠方，伸手扶住額上的方帽不讓它飛走。

「怎會想來這兒？」

姊姊並沒有回應她的問題，反而開口問道：「梅朵，妳有想過為什麼我們叫作芽族麼？」

「因為我們死後會變成芽，長小樹出來。」她喘著氣答。

「為什麼是變成芽，而不是別的東西呢？例如……小馬兒、小鳥兒、七彩球、或是……就是死了？」

「什麼叫『就是死了』？」梅朵不耐煩地問道。

達瓦卻出神地沈默下來。

她們並肩站在一起，看著那片廣闊無際的灰青色草原。

這裡的風比起森林更加強勁了，天上的雲不停變幻形狀，從頭頂以極快的速度掠過，草地上的陰影也隨之起舞，彷彿時間從眼前快速流逝。

「為什麼不回去？」梅朵感受風呼嘯而過的聲音，連自己的話語都險些被吞噬其中。「如果知道自己要變成『芽』的話，才不應該離開族人身邊吧？妳應該知道『芽』對我們的重要性……」

「那樣的話，我就必須待在家裡直到成為『芽』為止；既不能再騎馬，也不能和妳在這片草原了。」然後她偏頭露出美麗的微笑，說道：「那樣的話不是太可惜了麼？何況我們還有好多話沒說呢。」

她牽起妹妹的衣袖，指尖磨擦與碰觸的瞬間，依稀能感受到她體溫的冰涼。

「我……」

「怎麼？」

「我才不相信妳呢。」梅朵噘起嘴，以委屈的表情說道：「妳騎著一上午的馬來到草原，卻頻頻將我拋在後頭，根本沒聊上幾回啊。」

拉姆達瓦的眼睛先是用力眨了眨，然後發出足以震撼她身軀的大笑。

「笑什麼呀！」

「躺著吧，梅朵。就像以前那樣。」

姊姊說完還真的躺了下來。

她猶豫了會兒，但反正也沒人瞧見，只好跟著照做，望著清澈的藍天好一陣子，那美景像是會把人的意識吸引走。她們出神地凝視那片天頂，差點忘記來到這裡的

【壹】芽

原因。

「還記得我們第一次來這裡的事麼？」

「忘了。」

「妳才不會忘呢，我們是被阿帕帶來的，記得麼？我們拿著搖鈴玩，不小心揮到妳臉上，還害妳牙齒流了血。」

「結果我痛得哭了，跑去找阿帕告狀。」梅朵的嘴角淺淺上揚起來。

「我也抓著阿媽哭，無辜地說我不是故意的，於是我們就各拉著一人哭個不停。」

說完她們兩個都笑到抖著身子，笑聲沿著狂風在草原穿梭，掃空了陰影。

接著，她們聊起了多年未曾提及的往事，從小時候的瘋狂冒險、無知貪玩所犯下的錯、為了母愛爭相吃醋的較勁、以及無數次的吵架，無數次的和解。

那對姊妹在風裡時而歡笑、時而互相指責、或是為那些早已模糊不清的回憶拼出零碎的真相。

不知不覺間，兩人的肩膀緊挨著，五指也輕輕扣在一起，姊姊的掌心冒出薄薄冷汗，妹妹的也是。

「接著還想去哪裡？」梅朵趁著這氣氛問。

拉姆達瓦捏了捏她的手，表情有些驚喜。「哪裡都行？」

「反正難得唄。妳瞧，天氣還這麼好。」

拉姆達瓦微笑起來，但那只柔軟的手在顫抖，眼角也濕了。

「我們多久沒這樣了，梅朵？以前明明感情這麼好。」她嘆道：「為什麼現在都變了樣了？」

梅朵嘴唇微張，一股憤怒哽在喉際，讓她吞也不是、吐也不是。

「因為妳是個自私鬼。」她紅了眼眶，無意識地咬著嘴唇。「妳每次都好讓我生氣，可是妳也總是能討我開心、最後只好原諒妳。每次都這樣。」

達瓦聽著，臉上也淌流兩行淚水，滴落在草葉上成了無瑕的露珠。

「那最後呢？」她苦笑，明知故問。

梅朵以袖子抹去淚水，從草地上坐了起來。

「——最後那次，妳沒有來找我。」

那道平靜的聲音在姊姊耳中或許顯得反而冷酷了。

「就只是這樣？」

「阿媽常說，很多事一開始都『只是這樣』。」

拉姆達瓦不再說話，而是從身後抱住了妹妹，就像以前她做過的那般。

她以重重的鼻音哼唱起兩人最愛的歌謠，聲音被風捲上了天頂，夾雜著青草香

【壹】芽

與達瓦身上黃精根的藥味。那熟悉的氣味讓妹妹又鼻酸起來。

小時候她總會聞著這股氣味入睡，達瓦總是被迫吃許多藥草，吃到最後，身上的藥味洗也洗不掉，每天都像將身子浸在藥桶裡似的。

風突然吹得她們好涼。

「接著……還想去哪裡？」

「我們曾經到過哪裡，就去哪裡罷。」她的歌聲告一段落後，以甜膩的口吻說著，並將頭貼在梅朵的背上輕輕磨蹭。

於是那對姊妹幾乎是默契地，看向平原盡頭的另一端。

族裡的人都說拉姆達瓦體內的血裝得太多、太滿，所以每次只要她一受傷，血總是無法抑制地流出來。

還記得九歲時她在草原跌了一大跤，還撞到了石頭，雖然人沒事，膝蓋上的擦傷卻遲遲無法癒合，就這麼血流不止地回到族裡，逼得族裡的醫婆用上好幾倍的止血藥草才終於止住。

沒有孩子的體質像達瓦那樣，她和母親嚇得抱在一起痛哭，深怕自己就這麼流乾了血而死，醫婆卻淡淡安慰說：「達瓦只是血比其他人多，所以身體裝不住。只要等她再長大一點，就裝得下那些血，也不會一直流出來了。」

「胡說八道！血都流光了，還長得大麼？」父親倒是對醫婆的言論不以為意，於是在父親的咄咄逼問下，醫婆才提議將黃精根拿出來讓達瓦服用。

她就是從那時開始從未停止吃藥，也是從那時開始禁止騎馬、奔跑與玩耍。

而梅朵當時還不以為意，甚至對姊姊的身體變化渾然不覺，反而覺得沒有她在的日子，和其他孩子玩耍起來更加盡興了。

有幾回她從草原玩回來，身上沾滿了草葉與泥巴，姊姊就會一邊問她玩了些什麼，一邊含淚捏著梅朵的手臂，直到烙下烏青的印記為止。

每次梅朵都會被捏得痛哭出聲，姊姊才趕緊抱住她拚命道歉。

但每次姊姊還是會選擇先捏疼她。

現在回想起來，梅朵終於明白那含淚的怨懟目光究竟代表了什麼。

——現在她總算騎著馬，跑得比誰都還要遠、還要瘋、還要賣力。

——縱使那樣究竟好或不好，我也不清楚。

她望著姊姊那與狂風合為一體的桀驁背影，胸口悄悄發疼起來。

【壹】芽

等休息夠了之後，她們重新在草原上駕馬奔馳，直到平原盡頭處聳立的一座石山，石山的頂端高聳入雲，外表盡是裸露的灰土與碎岩，或許是石山過於貧瘠的緣故，能長在上頭的銀樹也沒有幾株。

她們來到上山的路口，由於道路不是很寬敞，所以馬兒只好被她們留在山腳處。姊妹倆走上淺灰色的石坡，比起草原，這座山帶來的回憶更加久遠，也更加陌生。自從達瓦禁止出遠門之後，梅朵就很少到石山上玩了，加上這裡實在沒什麼生氣，久而久之孩子們也不再對這座山充滿興趣，而是將目標放在更遠的雪白群山之間。

就現在看來，這座石山的魅力早已消失，梅朵很快便覺得無趣，但姊姊的表情卻興奮無比，彷彿又變回了以前那精力充沛的孩子。

當她們走了一段路後，或許是過於無聊，達瓦便隨口找了個話題聊天。「我聽波契說，在別的地方的人死了就是死了，不會變成種子，也不會變成小樹。」

「那會變成什麼？」

「就是死了嘛，不會變成什麼，就是死了。」

「妳說謊。」

「我是說真的。」

「那就是波契說謊。」

「不信妳去問他呀。」

「但他已經變成『芽』了啊！」梅朵氣惱地叫著。

她卻轉頭朝梅朵吐了個舌頭，然後兩人又沉默地走了段路。

「妳看過波契的樹麼？」達瓦突然說。

一被觸及這個問題，身後的妹妹立刻皺起眉，將頭別了過去。

「每天都去看，也每天都會和他說話。」梅朵故意不看姊姊臉上此刻是什麼表情，「他長成了很漂亮的樹，葉子茂盛、果子也多，妳不覺得麼？」

然而姊姊卻吃吃笑了幾聲。

「好妹妹，妳真的很喜歡他。」

「那妳一定比我更喜歡他。」梅朵酸溜溜地回著：「否則妳怎麼會嫁給他？」

她微笑地沉默了一下。「不管怎麼著，他現在也不是誰的人了。」

「達瓦妳就是這種態度讓人光火。」梅朵咬起牙來，氣得沒將小石子踢到她身上。

「那就請妹妹再原諒我一次囉。」她發出嘻嘻笑聲。

「喂！妳什麼都要，貪不貪心吶？」梅朵又鼓起臉，幾乎無法停止口中的抱怨。

【壹】芽

「要阿帕、阿媽疼愛妳，又要波契娶妳，現在還要我的原諒？妳明知道我對波契……」

「再去找個更好的人家嫁了唄，比波契好的男人多著。」她漫不經心地打斷梅朵的抱怨，一邊以手勾著髮尾，彷彿妹妹討論的事情不值一提。

「沒有！才沒有那種男人！」梅朵奮力跺腳，險些又要哭了起來。「我已經十五歲了，再晚點兒就沒人要啦！妳還能嫁給波契的弟弟，我卻到現在都還沒人提親啊！」

「波契老愛四處遊蕩。」達瓦撇過頭去，聲音不帶感情。

「妳不也是這樣才能聽到許多外地的故事麼？」

「他也很少回來，只能留妳一個在家裡，日日夜夜地等著他唷。」

「守在家裡本來就是妻子的本份呀！」

她停下腳步，用一種哀怨到接近同情的眼神看著妹妹。「妳唷……」

「幹什麼呀？」梅朵抹去眼角的淚水，又羞又怒的漲紅了臉。

「我只是覺得，他配不上妳。」

「妳有了他才會這麼說。」

「或許吧。正因為嫁給了他。」她的聲音聽來疲倦許多，就連吐息起來都時喘時虛的。「——梅朵，唉，在這裡休息一下吧。我走不動了。」她不甘心地停下腳步，表情難受地捧著胸口，縱使她們才爬不了多久路程。

梅朵看著她蒼白到毫無血色的臉龐，很想叫她索性回族裡算了。

……罷了，她絕不會理睬的。

梅朵也嘆了口大氣，與姊姊靠在石壁旁坐下休息。

炙熱的烈陽在天頂將兩人的頭曬得發燙，達瓦摘下帽子替自己搧涼，漆黑的眼眸若有所思地眺望著遠方，像是在盯著什麼瞧，但當梅朵順著她的視線望去時，卻又什麼也沒看見。

——知道自己即將成芽的感覺究竟是如何？

梅朵突然思考起這個問題。縱使她還不確定姊姊究竟是否只是在騙她。

以前阿媽總說，芽族人若是要死了，都會先有預感；例如聽見別人聽不見的音樂、或是看見奇怪的幻像，然後族人就會懂得要回到家中，渡過他最後的時光，好讓自己變成的樹芽能被族人拾起、種植在芽族的家園裡。

波契就是這樣，某天他突然拖著腳回來族裡，說自己誤中了某種毒，叫朋友非得想盡辦法將他帶回來不可。

——「我可以不在這兒活，但非得在這兒死。」

他說完之後便踏進帳篷屋中，梅朵也混在議論紛紛的人群裡，聽著達瓦在屋裡發出的哭號聲，聽得她也哭了。然後，當帳篷屋的門簾被掀開時，他們再見到的就不是波契魁梧的身軀、洪亮的嗓音、以及他漂亮的黑色長髮，而是拉姆達瓦手上的一株綠芽。

達瓦紅著眼眶，捧著他的樹芽走出家門，在族人們的見證下種進了盆子裡。

……或許這就是梅朵不相信姊姊說自己要成為芽的原因。

所有族人在死前都想盡辦法回家，唯獨她卻拉著妹妹，拚了命地遠離家園。從來沒一個人像她這樣做。

「樹……」身邊的人兒忽然喃喃出聲，驚擾了梅朵的思緒。

「甚、甚麼樹？」梅朵驚魂未定地說著。

「天頂上……算了，說來妳也不信。」她的聲音恍惚，但沒多久她便搖搖頭，雙眼又恢復了平日的光采。「走，繼續往上走。」

「上頭沒東西了。」

「有的呀。誰說沒有？」她淺淺一笑，「我們以前爬過的老樹，還記得麼？」

「妳要到老樹那兒去？還得再爬一段路啊，妳沒問題麼？」

「是妳先問我想去哪兒的。」

梅朵哀了一聲，只好隨著她繼續前進。

「妹妹。妳見過比這座山還大的樹麼？」

「自然沒見過。」

「那說不定往後妳有機會見到呢。」她輕笑起來，像是在述說一場夢境似的。

梅朵困惑地歪頭。

接下來她們就沒再說話，或許是真的走得累了，兩人的交談越來越少，倒是達瓦不時會停下腳步發愣，或是抬頭聆聽風聲，然後堅持繼續前進。

等她們終於走到老樹時，太陽正好已西斜在天邊，大概再幾小時就要黃昏了。她們哈著氣，一齊發出了笑聲。

老樹和她們印象中的模樣差不多，它比銀森林裡任何一株樹都還要粗壯，倆人伸手也圍不住它的樹幹，同時卻也光禿乾枯，黑得發亮的樹上毫無生氣。

它的根深深鑽入貧瘠的石沙裡，汲取著微薄的養份，沒有半點葉片的粗枝向斜陽伸去，梅朵看著那株樹，突然感到一抹揪心的孤寂。

「姊姊妳看……」梅朵笑著回頭尋找姊姊的身影，才發現她已經攀上那株老樹的枝幹，試圖爬上樹頂。「——拉姆達瓦！」看到那光景，梅朵立刻尖叫起來，在地上跺著腳。「妳在——拉姆達瓦！快下來——！」

「做什麼叫成這樣？以前不也照爬麼？」她笑嘻嘻地貼在樹幹上，沒兩下便摸著樹枝爬了一半高。

「會罵死我……阿帕會罵死我的！妳快下來呀！」梅朵鐵青著臉繼續發出慘叫。

「樹越來越近了呢。」

「聽不懂呀——！」

「快上來呀，還拖拖磨磨的做啥？」她笑得更暢快了。

梅朵咬咬唇，只好硬著頭皮跟著爬上去。等來到她身旁時，梅朵身上的白衣服沾滿了髒污與木屑，回去不知道又得洗多久才能乾淨了，梅朵咬著唇，連忙低頭拍打身上的衣物。

「別管衣服了，妳瞧。」她揮開梅朵拍打衣服的手，比著前方。

銀森林在遠處變成了一片樹海，在落日的照耀下，大地鋪上一層火紅色的豔彩，就連銀森林也紅錦似火，婀娜地搖曳著。

腳下就是懸崖與石壁，梅朵低頭望去，馬兒們不在這個方向，但肯定在另一處開心地啃著青草。

達瓦似乎心情很好，她又哼起了歌，這次的歌聲清亮許多，也輕快許多。她身上的燦黃衣裳天色被染成了橘黃色，臉頰也看起來紅潤得多，但那或許是夕陽給人的錯覺。

她哼著哼著，梅朵坐在一旁，合起了她的音；她們就這麼唱著與鳥兒和夕陽的歌謠，唱著留戀草原的孩童，以及小布鞋在草上踏出來的聲響。她們綻開了笑顏，輕輕晃著身子。

——和她一起合音是多久以前的事？

——牽著彼此的手、交換彼此的溫度又是多久以前的事？

——開口聊的不是客套的問候，而是彼此心底的事，又是多久以前的事？

梅朵鼻頭一酸，忍不住將拉姆達瓦的手握緊。

她稍停下歌聲，側頭看向妹妹。

「要我原諒妳也可以。」梅朵看著遠方，裝作不在乎地口氣說著：「但是妳得常回來家裡陪我。」

「這樣就行了？」她甜美的笑容帶著驚喜。

「阿媽也常說，」梅朵臉微微一紅，不好意思地別過去。「很多事情想解決，其實『這樣就行了』。」

「……她確實都這麼說。」拉姆達瓦輕嘆了一聲，「我曾經想過追著波契走，和他一起翻山越嶺，可是沒辦法。妳瞧。」她伸手緩緩解下其中一只長布靴，浮腫的腳踝到小腿佈滿各種紫紅的斑點，在火紅的光線下看起來格外觸目驚心。「僅僅是爬

【壹】芽

一座山，腿就變成這樣了。」

「誰叫妳要用那種恐怖的方式騎馬，還一口氣走了這麼遠的路。」梅朵深吸一口氣，不敢再多看那腿一眼。

「就是這樣，德吉梅朵，妳好歹也有一雙健全的腿。」她微笑著將靴子套了回去。「連我都嫁得出去了，妳怎會沒有人要？就怪妳自己放不下。」

「妳這是趁機教訓起我來了。」

「因為我愛妳又疼妳呀。」她呵呵地笑著，「如果真找不到好人家，那妳就去外頭吧，聽說外頭的世界美麗得無法想像。若妳真的別無選擇，就替我去追尋波契走過的路吧。」

「妳繼續吃黃精根，遲早會好起來的。到時妳再去實現自己的願望嘛。」

達瓦掛著笑容，看著空曠的天頂，好像前面有什麼吸引她的東西似的。

「——我現在只想回家。」達瓦輕輕說完，又接著跳起身子抓住另一端的樹幹。

「來比賽吧！看誰先回到家，贏的人就不用被阿帕罵囉！」

「啊！怎麼可能啊！」梅朵笑了起來，背著達瓦的身影往樹下爬，姊姊的笑聲依稀在枝梗間迴盪。「等等我啦！」梅朵追趕那道聲響，慌張地說著，索性直接從半空處跳下樹。

當梅朵雙腳著地的同時，姊姊的笑聲停止了。
梅朵哈著氣，笑意還掛在臉上。
她呆呆望著空無一人的碎石坡。

風輕輕吹著，四周萬籟無聲。

「達瓦？」
她笑著出聲，卻沒傳來任何回應。
梅朵沉默下來，她不時抬頭望著空盪盪的枝椏，繞著樹幹探了一圈，在逐漸清冷的風中，她喘噓噓的聲音似乎特別明顯。
什麼都沒有。
「拉姆達瓦？」她害怕地呼喊姊姊的名字。
她的腳步有這麼快嗎？梅朵呆愣地站在山崖邊想著，她將雙手顫抖地握緊，貼在胸口上，遲遲沒有勇氣往山崖下看去。
別開玩笑了！她眼睛一紅，硬生生地挪開了視線。
趁著陽光還算明顯，梅朵連忙衝下了山，吹著口哨喚回那兩匹俊逸的馬兒。

【壹】芽

牠們在風中奔來，漂亮的褐色鬃毛在夕陽下飛起，梅朵望著馬匹的身影發愣了好一陣子，直到其中一匹馬兒用鼻尖輕蹭了她的臉頰。

風依然呼嘯著。

她抱著馬兒的脖頸，雙手無法抑制地顫抖。

「……回去吧，達瓦說不定先走了。」梅朵拍拍馬頭，跳上其中一匹。另一匹則溫順地跟在她身後。

梅朵連忙以最快的速度穿過平原，橘紅色的天空的另一頭開始泛青，空氣冰冷起來，髮絲打在她臉上也特別刺痛。

梅朵喘著粗氣，胸口激烈地跳動著，黏在肌膚上的汗水很快又被吹乾，讓人渾身發顫。

她很快便進入了銀森林，霧已經完全散去，落日最後的餘光在銀葉間勉強穿透進來，讓梅朵只能憑著印象沿著小徑前進。

而那道燦黃色的身影彷彿還在一旁的林間旋轉、飛舞，笑著她此刻驚慌的表情。

有沒有可能……看見幻覺的人是她自己？

可能……要死的其實是自己，而不是姊姊？達瓦說不定根本沒有精心打扮，也說不定根本沒辦法騎馬跑那麼久，達瓦甚至可能不在乎妹妹是否原諒自己。這一切都是她自己的幻覺。

銀葉在空中飛舞，旋轉著身子，梅朵好幾次都能看見黃色的裙角在一旁擦身而過，雖然那也有可能是銀葉的反光，不知道啊，分不清楚了。

如果是幻覺該有多好。

想到這裡，天色已完全暗了下來。

再也沒有黃色的衣角或銀葉的暗光，她感覺自己像個瞎子，在森林裡憑著印象胡亂闖。

幸好在天黑後沒多久，她的馬兒順利找到了路，出了森林。

在不遠處的高坡上，族人已經舉起火把，在帳篷中央的廣場點燃了營火。黑夜中，燦亮的火燄高衝天頂，讓梅朵一抬頭便能輕易望見族人的方向。

梅朵雙腳又痠又麻，已經無力再夾緊馬腹，只得放慢速度疲憊地前進。

幾個大人策馬朝她奔來，手上各拿一把熊熊燃燒的火把，率先靠近的是父親，他披著毛皮做的外套，剛毅的臉上刻著憤怒。

「下馬！拉姆達瓦呢？」父親的吼聲讓梅朵更顯狼狽，她瑟縮了一下身子，馬匹也往後退了幾步。

「梅朵！」母親也衝了上來，她騎著馬奔來的英姿讓人想起達瓦早上奔馳的身影。「拉姆達瓦呢？為什麼妳身後還有一匹馬？」

霎時間，梅朵身邊圍繞了七、八個大人，他們個個拿著火把，讓五官在火光下閃爍不定，不管是誰，臉上無不掛著憤怒或驚恐的表情。

「阿媽，我好冷。」梅朵吶吶地應著，渾身顫抖起來。

母親連忙下馬，抱著梅朵的冰冷身軀將她扶下馬匹，她流著淚，將梅朵臉上的髒污與銀樹葉撥開，梅朵被那溫暖的雙手緊緊抱著，卻完全沒有真實感。

「妳們去了哪？拉姆達瓦呢？」父親大吼起來，想伸手抓住梅朵的肩膀，卻被母親瞪得停下了動作。

「住手，你沒見孩子渾身濕冷嗎！」

「我當然見著！但她再不說達瓦去了哪，她就得挨打了！」

梅朵愣愣看著他們，緩慢問了句：「拉姆達瓦不在家裡麼？」

他們停下了爭執聲，面面相覷著，臉上的表情難看到梅朵無法形容。

……是啊，真傻，她明知道達瓦不可能回來的。

她的馬兒還在梅朵這裡，為什麼梅朵甚至覺得達瓦會在家裡等著她呢？

但她豔黃色的身影還在腦中揮之不去，她的笑容還鮮明著，裙襬還在飄著，話語也還在腦中迴響著，每一個字句都分分明明。

——她不可能就這麼消失了。

梅朵抬頭望向母親，她的眼眸滿是淚水，也跟著模糊了梅朵的視線。

「拉姆達瓦呢？」父親走過來，他的聲音不再憤怒，卻依然刺痛著梅朵的胸口。

「……我不知道。」她顫聲回道。

——她不可能就這麼消失了。

「我再問妳一次……」

「我說過不知道——！」

——她不可能就這麼消失了！

梅朵嘶聲尖叫起來，她推開母親，掄起拳頭想揮向他，卻被他以大手輕鬆扣下，那力道讓梅朵動彈不得。

阿帕平靜地端詳梅朵的臉龐，柔聲說道：「那妳在哭甚麼？」

梅朵深深吸了口氣，才驚覺斗大的淚珠正從眼角不停滑落，像是一道匯聚著悲傷的河流，毫無方向地四處奔騰。

她再也忍不住，發出憤怒的吼叫，淚水也隨之潰決，直到父親用力將梅朵摟緊在懷中。

好痛，哪兒都痛。

【壹】芽

達瓦明明應該在家的。

她應該要在的。不管是任何形式都行。

但偏偏是這樣——這樣的——

「她怎可以這樣！連個種子都沒有留給我，她怎可以這樣——！啊啊啊啊——！」她在父親懷中哭吼起來，其他人聞言也遮起臉龐，發出尖銳的悲鳴。

「噓、噓，沒事了……」父親的聲音微微顫抖著，卻還是拼命安慰懷裡的孩子。「沒事了……已經沒事了……」

梅朵只是一個勁地哭著。

那道燦黃色的身影，在梅朵腦中又浮現了。

姐姐撩著裙襬，笑嘻嘻地在夕陽中轉身而去，在族人一片悲傷的淚水中跟上了波契的腳步。

是啊，那沒甚麼。

畢竟……她總是能搶先一步。

【貳】來自異地的少年

【貳】來自異地的少年

六十年後——

還記得外地人首次出現在聚落的那日，天氣正好，族裡的人都認為那是個好預兆。

芽族聚落裡的人都跑去迎接外地人了，只有帕卓白瑪還在帳篷屋裡，悠哉悠哉地梳整自己的長髮，白瑪口中哼著小曲，坐在帳篷內的梳妝台前，紮好耳旁最後一條細髮辮。

【貳】來自異地的少年

年僅十四歲的她穿著象牙白的短掛與裙袍，與那白淨的臉龐十分搭調，五色珠子被串在烏黑髮絲上，與胸前成串的珠鍊一樣多彩繽紛。

當頭髮都梳理完畢後，她揚起甜美的笑，看著首飾盒裡躺著一串色澤飽滿的珍珠項鍊，每次看見這串珍珠項鍊，就會讓她對未來的婚事充滿期待。

她癡癡看著，直到有人掀開門口的遮簾，她才將項鍊細心戴上。

「我的好妹妹，妳還在這兒啊？阿帕不是叫我們去迎賓的帳篷見客麼？」一個與白瑪差不多年紀、容貌也有幾分相似的女孩走了進來，叉著腰朝白瑪瞪了一眼。

「別急嘛，我好了！」白瑪跳起來，她穿過鮮紅色的樑柱與地毯，快步來到姐姐身邊。「金央，那個外地人，妳覺得他會長啥模樣？」她問著，一手勾住金央的手臂，白色的袖口貼在姐姐的深藍色長袍上。

「長啥模樣我是不知道啦，但阿帕說，他是個黑子。」金央誇張地揮了一下手，「嘖嘖，從頭到尾都黑的呦，連皮膚也黑，妳相信麼？」

白瑪張大了嘴，露出不敢相信的模樣。

「外地人都是黑皮膚啊？」

「不一定。阿帕說外頭的世界，什麼顏色的人都有。」

「所以，他要待在這裡？待很久？」

金央鑾不在乎地瞥了她一眼，「待多久也不是咱倆能決定的，我們家園六十年來沒有外地人進來過，這次可又破了例。依我瞧，我們芽族終於要走出這座山頭，迎接外面更大的世界啦。」

白瑪倒吸一口氣，連忙輕扯金央的袖子。「喂，別亂猜呀。」

「怕甚麼，該來的總是會來吶。」姐姐翻了個白眼。

白瑪搖搖頭，一想到各種五官與膚色都陌生的人蜂擁擠進這片草原，她就忍不住心底發寒。「只是個一個外地人進來，妳想得太多了。」她小聲說。

突然金央停下了腳步，讓白瑪頓時撞上她的身子；白瑪怪叫一聲，才發現姐姐正側頭望著自己，一副氣勢凌人的模樣。

「真奇怪，妳難道不想知道外頭的世界長啥模樣？」

「不會呀。」白瑪無辜地揉揉鼻尖。

「也是，」姐姐輕哼一聲，將頭轉了回去。「妳有美滿幸福的未來等著妳，哪還需要在意外面的世界如何。」

「唉，別這樣說嘛！」她皺起眉頭，正想出聲抗議，金央卻又猛然偏過頭來，原本的不滿情緒一掃而空，反而帶著期待的表情看向白瑪。

「妳覺得我有機會嗎，好妹妹？」

【貳】來自異地的少年

白瑪眨眨眼，露出不理解的眼神。
「啥機會？」
只見金央勾起一抹意味深長的笑，接著道：「——嫁給那個叫柯爾克的外地人。」
而白瑪看著那表情，驚訝地闔不上嘴角。

來到帳篷後，白瑪總算見識到那名「黑子」的樣貌了。
那男人自稱柯爾克，與芽族的男人完全不同，不但體型較為纖瘦，五官輪廓也深，甚至帶著偏深麥色的肌膚，黑色睫毛也又濃又長。
不過，聽說在山外的城市，柯爾克的五官也是被稱作好看的類型，而從帳篷屋內的女性反應看來，她們似乎也認同這點。
「但不夠壯呀……」
金央還是頗有微詞地嘟囔了句，正巧讓坐在身旁的白瑪聽見了。
不只是她們姐妹倆，家中的其他女人也毫不掩飾彼此的驚訝，從五官、膚色甚至到衣著，都悄悄地品頭論足了一番。這也是正常的，畢竟他的樣貌與這些芽族人實在差太多了。

帳篷屋內有老有少，莫約坐了七個人圍成了圈，正好將帳篷屋僅剩的空間擠滿。他們的衣著除了白色之外，有的是鮮黃、天藍，有如五色花圃般鮮艷，像柯爾克那樣全黑的服裝反而顯得陰沉又突兀了。

「那麼，這事兒就談定了。」名為別仁帕卓的男人下了結論，粗獷的嗓音帶著不容忽視的威嚴。「從今開始，這男人就在家裡住下。三個月，都沒意見吧？」

女人們聽完立刻竊竊私語起來。

「床打點好了麼？」

「他看起來比阿媽還要瘦耶！」

「他多大呀？」

「阿媽，他衣服全黑的……是要用來解巫術麼？」

「別亂講話！」

隨著別仁帕卓一聲斥喝，柯爾克揚起看似沉著的微笑，禮貌性地朝她們點了個頭。

「各位叫我柯爾克便行。這段期間叨擾各位了，希望不會給你們添太多麻煩。」

女人們頓時安靜下來，一致望向柯爾克的臉龐；但那動作並未維持太久，她們

#【貳】來自異地的少年

很快又像雀鳥似地吵鬧起來，互相低語。

「他會講我們的話！」

「但不是很流利吧。」

「問問他衣服為甚麼是黑的。」

「對啊，膚色為啥也黑的？妳問問。」

「別失禮！妳們聊完了沒，也別吱吱喳喳的，人家還得在這裏待三個月呢！現在就想嚇跑人麼？」帕卓不耐煩地吼著，才終於讓那些女人安靜下來，「對嘛，這不是好多了！好了，誰都行，帶他去放行李，順便告訴他家裡的規矩。」

「金央，妳去？」白瑪輕輕撞了身旁的藍衣女孩。

「不了。還是妳去吧。」姐姐悶悶地答道。

「為啥？」白瑪的表情顯得有些驚訝。

父親又皺起眉頭，大聲罵道：「誰去有差麼？幹嘛，客人一來就想讓他看笑話呀？」

「好、好啦，我帶他去！」白瑪站了起來，水潤的大眼好奇而無懼地直望著柯爾克。

他們出了帳篷屋，天頂湛藍無雲，強勁的陣風猛地撲來，雖然不是最嚴冷的天氣，白瑪才走出來，便看見身後的柯爾克不習慣地抱著肩膀哆嗦，那模樣讓她忍不住發笑。沒想到外地人這麼不耐寒。

「叫你柯爾克便行？」白瑪看著他手中的行囊，但其實是在悄悄窺視他特別的膚色。

「是的。請問，我該怎麼稱呼妳？」

「白瑪。阿帕把他的名給我，所以我叫帕卓白瑪，叫我白瑪就行，免得搞混了。」

「我瞭解了。」他點點頭。「白瑪是什麼意思？」

「白蓮花囉。見過嗎？」

他搖搖頭。

「有機會時再讓你瞧瞧，走吧，先帶你去休息的地方。」

她笑開了，五色珠子在她頭上晃呀晃的。

白瑪帶著柯爾克走進其中一間帳篷屋，裡頭的擺設很簡單，兩張大床與一對桌椅、火爐，還有一個祭拜用的神龕，牆上則掛著老鷹的標本或是狩獵用的工具。家具都被漆成朱紅的色澤，而光是這些東西就將帳篷的空間佔滿了。

柯爾克讚嘆地出聲，視線好奇地四處打轉。

「你們這裡也是用帳篷屋搭房子，看來你們常遷移？」

【貳】來自異地的少年

白瑪聽了幾遍，才總算聽懂他的提問，「嗯，不，現在不了。」她偏頭過來，黑髮遮住她半邊臉頰。「以前搬了幾次，到這裡適合種樹園，我們才定居下來的。」

「原來如此……」

「你也是住這種帳篷？」

「是呀，但那是很久以前的事了。行李是放這兒嗎？」

「行李放在床旁邊就行了，這間帳篷是只給男人睡的，你只要記得別跑錯了帳篷就行。」白瑪簡單介紹了屋內的環境，「剩下的，我想，阿帕之後會慢慢告訴你唄。你整理整理，弄好後再去廣場找阿帕。」

「謝謝妳。」他禮貌一笑，將頭巾解了開來。

白瑪看著他解下白色頭巾，他的頭髮不像芽族人留長，而是只到頸部，白瑪這才發現他的黑髮比想像中柔軟漂亮。

「對了，男孩、女孩的帳屋是分開的，用帳頂的顏色辨認。你的是藍色，別走錯了。」她嬌羞地笑了起來，似乎不大敢對著柯爾克的目光。

「好的。對了……平常若是有空，我可以跟著妳們，看妳們做事嗎？」

「為什麼？」

「看來帕卓沒跟妳們說。」柯爾克微笑起來，「我是從波玉大城來的，為了學芽族的語言，才決定在這裡長住。」

「為什麼要學我們的語言？」

「在波玉還沒拓寬道路以前，帕卓需要直接與波玉人買賣的管道，但有時語言、習俗都不同，做起生意來衝突也很多，而我就是為了避免發生這種事，來瞭解你們的習俗與語言，好替帕卓做中介。」

白瑪應了一聲，腦中思緒卻飄遠，回想起阿帕跟她說過的話。

波玉城有句俗語：「市集早啟孩童晚、炊煙裊裊漢遲歸、月色升空老者眠。」意思是，孩童起得再早，也早不過凌晨便開始活絡的市集；男人縱使工作得以休息，也趕不上飯釜炊熟的那一刻；老者再怎麼晚睡，也等不到月亮升起於空中的景色。在所有人眼裡，波玉就是這麼一個熱鬧又夢幻的大城市。

和所有正值青春年華的少女一樣，金央總是對波玉抱有過多的憧憬，嚷嚷說她若是去了大城市，絕對能找到許多有錢的夫婿，路上隨便挑一個，都勝過十個芽族少年。

——那對白瑪來說，實在太遙不可及了。

她的生活向來只有群山與草原，遠行是男人的事，也從沒想過自己會離開高原、來到大城市的可能性，就算去了，波玉城那麼繁榮……大概也看不起自己吧。

【貳】來自異地的少年

「嗯……」

「能理解嗎？」

「對不起，談生意什麼的我不理解。」她甜甜地笑了，語氣有些歉然。「總之，你看著我們做事、跟我們學說話，會對阿帕生意有幫助？」

「可以這麼說。」他似笑非笑地看著白瑪。

「那行呀，走，我們去和莫拉說一聲。」她點點頭，「男人的事，阿帕作主，女人的事兒由莫拉作主。」

「莫拉是……人名嗎？」

白瑪歪著頭，思考著該如何說明。「不。就是阿媽的……阿媽，都叫做莫拉。名字是名字，莫拉是莫拉。明白？」

——原來如此，看來應該是「祖母」的稱謂吧。

柯爾克沈吟一聲，彷彿在腦中記下這個新名詞。

行李都安置好以後，他們掀開門上的布簾走出帳篷屋。

才發現金央站在外頭，正緊張地打量著柯爾克瞧，一邊用力將白瑪拉向自己。

「喂，白瑪，妳問了沒有。」

「問什麼？」

「當然是——哎，傻妹妹，算了！我自己來！」

金央大步走到柯爾克面前，粗眉用力皺在一起，好像發怒似的。

「有什麼問題請說吧，我不介意。」柯爾克笑著想打圓場。卻發現眼前的藍衣少女正通紅著臉，挺起胸膛瞪視著他，彷彿不這樣做她就沒有勇氣開口。

「我……我叫金央。」她粗嘎地拉開嗓門，大聲問道：「你……你年紀多大了？」

柯爾克眨了眨眼，完全沒料到少女會問這個問題。「呃，二十。」

「二十！」金央忽地怪叫起來，連忙又將白瑪拖到一旁，以半遮半掩的模樣朝白瑪怒道：「他二十了！這年紀也太大了！」

「我覺得還好哇。」

「甚麼還好？」金央白了妹妹一眼，又以充滿氣魄的方式跺步而來。「那你……」她頓了頓，像是對接下來的問題感到有些尷尬。「——你、你娶妻了沒！」

——什麼？

柯爾克感覺自己像是被石頭擊中了頭顱，暈眩地往後退了一步。

「金央！」白瑪尖叫起來，滿臉通紅的抓住金央的肩膀。「妳妳妳——妳在說什麼呀！這種話——妳怎麼能隨便問的！」

「我、我才……」金央的表情似乎也好不到哪兒去，甚至為自己的問題感到後悔至極。「算啦！不——不想說就算啦！」或許是過於尷尬了，她憤怒朝柯爾克拋下這麼一句，就轉身大步跑走了，留下臉色發白的他站在原處，對剛才一瞬間發生的事情驚魂未定。

「這是怎麼回事？」柯爾克扶著額頭，還未回過神來。

「別！別問我，我什麼都不知道！」白瑪也往後退了幾步，一手遮著自己發燙的臉頰。「所以你……你娶妻了沒呀？」

「妳們只是想問這個？」他尷尬地遮起嘴角，只覺得這一切荒唐又好笑。

「因為姐姐她——唉呀，我、我不知道——」白瑪頻頻轉頭看著金央消失的方向，又著急地看向他。

「沒有。」

「啊？」

像是怕眼前的女孩聽不清楚，柯爾克苦笑起來，朝她走近了一步。「沒有。」他柔聲說道，「因為我居無定所，所以也很難找到合適的對象。」

白瑪瞪大眼，原本焦急不安的模樣終於緩和下來。「你不是波玉人嗎？我聽說波玉城很大、很繁榮，比我們的聚落好上幾十倍。想必很好找對象的。」

【貳】來自異地的少年

「嚴格來說，我並不在波玉城出生。我和你們一樣，也曾經是四處遊牧的民族，但我很小的時候就離開家鄉流浪了，所以……我還沒娶妻。」

「這樣啊……」白瑪眼珠子轉呀轉的，像是不知該將目光放在哪裡好。

「而且，我也沒有錢。」柯爾克接著說。「妳可以這樣告訴妳的姐妹——如果她們真的想知道的話。」

「唔、啊……」這次她雙手都遮起了臉，從一朵白蓮花變成了澈底的透紅。

「我、我知道了。失禮了……這事請別跟阿帕說，他聽了會生氣的。」

「好的。」

「走——走吧，我們先去找莫拉。」

白瑪看著他迷人的沉穩微笑，發出幾聲嗚咽，飛也似地轉身跑走。

真是太尷尬了！既然沒有娶妻的打算，為什麼對她與金央要那麼親切啊？在族裡男人只會對喜歡的女子示好，哪有像他這樣對誰都溫柔的！

還是說，外地人都這樣開放的嗎？不行，搞不清楚啦——

白瑪滿腦子混亂的思緒，捧著臉頰快步前進，在臉上的紅暈完全消退之前，她完全不敢回頭看男子一眼。

他們走了段路來到芽族的廣場，此時廣場的大營火還沒升起，但已經有些老者三三兩兩地團坐在火邊，手上捧著裝滿馬奶的杯碗，高聲談話家常。

白瑪領著柯爾克走去，朝一名年邁的女人打起招呼。

那名老者的臉因為日曬成了古銅色，臉上的紋路讓她的五官充滿氣魄，令人望而生畏。她頸子上掛著鮮橘色的大珠子，似乎是備受敬重的人才能戴上的飾品。

「莫拉，柯爾克說想跟著我們做事、學習。」白瑪親暱地笑著，溜進老者的懷裡撒嬌。

「喔？就這點兒小事？」她摟著白瑪，咯咯笑了起來，無所謂似地擺擺手，然後抬頭看向柯爾克。「吶，黑臉的，你過來。」

「咦。」他一愣。

「這裡感覺怎麼樣？能習慣吧？」

「這裡很美。」柯爾克微笑起來，立刻反應過來說道：「難怪外人總稱這裡是片淨土，而芽族人是守護這片高原的精靈。我如今總算見識到了。」

老婦聽了他的言論後，忍不住噴著口水大笑：「哈哈！我們既沒有守護什麼、也沒有什麼神秘的力量；總會有人住在這裡，就像有些人總會住在波玉一樣。」

「想來也是。」

「看來讓你失望啦？」

【貳】來自異地的少年

「不，就是這樣才讓我敬佩。」

老婦動動嘴唇，像是在嚼著空氣。「不錯。看來這裡的高山也歡迎你。白瑪，讓妳阿帕帶他去逛逛吧，這邊只是垂死的老人聚在一起談天，沒什麼新奇的。」

「莫拉又在亂講了。」白瑪怪叫一聲，但還是離開老婦的懷裡。「走吧，我讓阿帕帶你四處晃晃。」

「好的。」他轉身想走，卻又覺得似乎不大禮貌，於是回頭向老婦鞠躬，柔聲問：「這位莫拉，不知道我要怎麼稱呼您？」

老婦昂首露出笑意，鏗鏘有力的聲音傳進他耳際。

「——就叫我德吉梅朵吧。」

當夜色來臨後，女人們紛紛回到帳篷內；白瑪與金央穿著薄涼的衣裳，趴在枕頭前打滾。雖然她們身旁還有幾個女人，但經過整日的忙碌，其他女人們早已入睡，只剩下白瑪與金央貼在一起討論柯爾克的事。

「金央……所以妳覺得柯爾克怎麼樣？」

「算了。太老，而且又沒錢，不行不行。」

「是妳說想要嫁的呀。」

「怎麼？我不能反悔呀？」

「只是覺得妳還真奇怪。」

「妳才奇怪，替他說話幹麼？他人真的那麼好？」

「算不錯吧。他挺有禮貌，臉上總是笑笑的。」

「哼，那笑臉挺不真誠的呀。」

「還有，他說話很輕。」

「何止輕呀？根本聽不到他出聲音！咱們平原又廣、風又勁，他不吼起來我還以為是啞巴來著。」她翻了個白眼。

自從聽見白瑪說他身上沒多少銀兩後，金央態度整個大轉，說有多嫌就有多嫌。白瑪並沒有意識到原因，只覺得金央的想法變來變去的，完全摸不透她討厭柯爾克的原因。

「那……妳不是想多認識外頭的世界？或許他可以帶妳到處去玩。」

「妳傻啦，沒錢哪有心思玩？妳真以為那黑子來我們家，是為了遊山玩水啊？還不是苦兮兮地為了錢四處奔波，別想啦，我不會再考慮他了。」

【貳】來自異地的少年

「他是來幫忙談生意的呀……」白瑪撇撇嘴，索性不再和金央辯駁。

「什麼？妳說什麼生意？」

沒想到金央反而眼睛一亮，用力抓住白瑪的肩膀。

「他說，咱們芽族有珍貴的藥草，在高山上才長得出來的。所以他要跟阿帕討論怎麼賣，才賣得到好價錢。」

「就憑他那副樣子……感覺靠不住呀。唉。」

金央的表情像是冷卻下來，陷入了沉思，她放開手，吐著氣退回自己的位置上。

金央放下髮辮，以指頭梳開被風吹得糾結的烏絲，上臂的肌肉隱隱浮現，證明她體格的健壯——這樣的體格，在芽族內反而受歡迎——或許是高原生活困苦的緣故，越有力氣、越能幫男人承擔勞力事務的女性越受歡迎。

所以，並不是沒有人向金央提親，而是金央覺得要嫁就該嫁給最優秀的丈夫，如果拿不出一定程度的嫁妝，每次她想也不想就拒絕了。

父親自然會為她的固執頭疼，甚至說出：「反正等到適婚年紀過了，金央自己就會看開了」這樣的話。

「姐姐，話說回來，妳何必那麼挑？」

「我羨慕妳連挑都不用挑呀。」金央嘟起嘴，表情頗是不滿。「從小就與山下村子的男孩指腹為婚，不像我，明明大妳一歲，卻還得為了找個夫婿焦頭爛額。」

「會麼？自己挑，才能挑到喜歡的呀。」

「這麼說，妳不喜歡妳未婚夫？」金央挑起眉。雖然這麼昏暗的房間裡，她們根本看不見彼此的表情。

「唉呀，瞧都沒瞧過，更別提喜不喜歡了。」白瑪笑嘻嘻地，「就像阿媽說的，是圓是扁無所謂，能給得起珍珠項鍊就保證生活無虞了。」

「哼，妳就是這點叫人討厭。」金央突然伸手捏了白瑪的鼻尖，「討厭鬼，真給妳撿到便宜。又是指腹為婚，又是高貴的珍珠項鍊，這不是命定的夫婿是什麼？」

然後兩人同時笑了起來，在床上打鬧在一起，直到惹來母親一頓怒罵，她們才不甘願地停止交談。

白瑪看著金央安靜睡去的身影，其實，她不是不能理解金央的羨慕之情。

當初阿媽懷著白瑪的時候，正好在山邊遇見鄰村一位剛生了孩子的婦人，兩人相談甚歡、一見如故，臨走前兩名婦人許下約定，如果阿媽胎中的孩子是女的，就要嫁給他們家的男嬰。

於是，白瑪的婚事在母親肚子裡時就已經談定了；等白瑪婚齡一到，男方便托人送了一串珍珠項鍊過來——那是訂親的慣例禮俗，更是男方家人財力的證明——

或許阿媽當初也沒想到金央的夫婿這麼難找，否則早該將金央許給那男孩才對。

仔細想想，如果金央別那麼挑剔對象的話，族裡還是有很多男孩可以選……

她就這樣一邊想著，一邊闔上眼，腦中浮現的卻是柯爾克的臉。

嗯……奇怪，不是他……

不過……若是金央不介意的話，他明明是個不錯的人呀……

她朦朦朧朧地想著，倦意也隨著寂靜的夜漸漸加深，直到那麥色膚色的深邃五官跟著模糊起來，再也拼湊不出記憶中的模樣。

白瑪沉沉閉上眼，安然入睡。

雖然金央嘴巴上討厭柯爾克，但也漸漸習慣這名外地人的存在；整個族裡的人也是一樣，起初還對柯爾克戒心重重，或者敬畏有加，等日子過了幾天，他們似乎也開始接受柯爾克在這裡長住的事實，開始主動邀他喝酒談天。

後來當他在走到廣場時，已經沒人會對他投以怪異的眼光了。

「所以……阿帕是指父親、莫拉是指祖母。」

「對。」

「那『查其』呢？」

「是指小馬兒，不過我們不常用。話說，柯爾克你記挺快的嘛。」

柯爾克微笑起來，說道：「幸好你們的腔調和大城市很接近，所以學起來輕鬆多了。那這個呢？這個是什麼？」

「那個是……」

白瑪和金央就這樣，一邊忙著編織，嘴上也不停歇地回答柯爾克的提問。

平常柯爾克除了陪父親帕卓看顧馬匹以外，閒暇之餘也會來看看芽族女性工作的內容。

她們不外乎就是編織、製酒、顧孩子，或是照顧族裡的樹園、採收果子，除此之外還得打點家中的一切大小事務，真忙碌起來時可不亞於芽族的男人。

「還有啥問題嗎？我的手雖然忙，但嘴倒是閒得很。」沒多久後，金央再次開口，嘻嘻笑了起來。

「帕卓說，這裡有一片果樹園，是妳們族人死後變成的？」柯爾克小心翼翼地問。

「是呀。」金央專注手中的刺繡，頭也不抬地說：「不過，我們不說死，都說『成芽了』。」

「成芽?這說法還真奇特……」

「有什麼奇特的?住山腳的那些芽族人也會成芽,你沒見過?」金央笑了起來,說話的速度與她巧手編織的動作一樣俐落迅速。

「柯爾克還沒看過吧,我是指,後面那座樹園。」白瑪停下手邊的動作,金央立刻拍了她的手,要她別停下工作。

「只有經過,沒時間仔細看。」他聳聳肩。

「不然,我們帶他去看看?」白瑪口氣盡是掩不住的興奮。

「還得練刺繡啊。別忘了妳還得替自己趕嫁妝呢。」

「事後再跟阿帕解釋便得了!阿帕不是說,要盡量讓柯爾克熟悉這裡麼?」

金央挑起一側眉毛,嘴角像是忍著不要上揚。「妳確定?」

然後姐妹倆相視而笑,同時露出不懷好意的笑。

「走,你快跟上!」

她們拋下織到一半的布匹,發出銀鈴般的笑聲,抓著彼此的手跑向果園。柯爾克緊隨在後,他們穿過掛在帳篷頂端五顏六色的小錦旗,來到聚落最邊緣的一片樹園。

這座高原景色優美，唯一的缺憾是樹林永遠只有一種顏色——從根部到果葉，像是鍍上一層銀似的，又脆弱無比，連拿來搭房子都不行。

但芽族人變成的樹，就和柯爾克在波玉城見到的果樹一樣漂亮，甚至更壯碩；茂綠的葉片、深褐色的枝枒，紅如寶石的碩大果實……樹木整齊排列，像是一座人造小森林。

「以前大家邊搬家、邊種樹，直到終於找到好位置了，我們才定居下來。看見樹上的布條嗎？」白瑪帶頭走在被樹木包圍的步道上，讓柯爾克看樹上掛著的布條。

「布條有許多不同顏色呢。」

「那代表不同的家族，自己家族的樹，我們都叫『族木』；我們會在布條上寫字、記下樹的祖先。這樣大家就知道誰是誰了。」

「喔……」

「對了，這是一個叫波契的族木，在他的家族裡長得最好。」白瑪指著其中一株大樹說道：「旁邊這株小小歪歪的，是我們另一個莫拉的族木。」

柯爾克搓著頭頂的黑髮，陷入沉思之中。「另一個莫拉？」

「是莫拉的姐姐。」金央糾正著。「六十年前死在遠方的小山裡，後來被德吉梅朵找回來，種是種了，卻老是長不大。叫啥來著……唔，對啦，拉姆達瓦。」

【貳】來自異地的少年

「阿媽說，拉姆達瓦是第一個會想遠離家鄉的芽呢。就連變成樹後，長起來也歪歪的，總是往果園外的方向倒。」

男人抬頭，看著布條扭歪的彎月等符號，彷彿很沉迷其中。

「這樣很奇特嗎？」

「很久以前，我們的祖先流浪到這兒來，卻發現什麼都沒有，土地毫無生氣；其中一名剛餓死孩子的母親決定奉獻性命，向樹神換取其他族人活命的機會。結果她死後，她的屍體長成了大樹，上頭也結成了多汁甜美的紅色果實。」

白瑪也與柯爾克站在一起，抬頭看著在枝葉間穿透灑落的陽光。

「於是族人紛紛向她效法，也在死後成了樹芽。所以即將要成芽的人，是不會想要離開家的，否則以後長了果子要給誰吃呢？」

「原來如此，你們芽族向神明締結了『契約』。」柯爾克說。

「契約？我們沒聽過這稱呼……」

「波玉人都將這種情形稱之為『神契』，知道原因嗎？」

白瑪困惑的搖搖頭，倒是金央先是眼睛一亮。

「我有聽說，只要人們有求於神，就能夠延續生命！」

「對，有許多人像芽族一樣，為了生存而與神明交換條件。其實不管是到了哪裡，環境都是一樣嚴苛。」

「也就是說，外頭也有許多像我們一樣會變成樹的人？」

柯爾克卻只是搖頭，「不，每個神明提出的契約都不一樣，內容有好有壞。你們芽族是死後變成果樹，在我看來反而更像是神的恩惠，而不是交換呢。」

「喔，柯爾克的族人也簽了神契嗎？」

他抿起唇，倉促地想露出微笑，似乎卻不太成功。「是的。」最後，他輕輕嘆了一口氣。「我並不是波玉人，我的族人住在一處偏遠的草原上，乾旱持續了兩年，天氣也異常酷熱，族人幾乎撐不下去。」

聽見這番話，金央與白瑪倒抽了一口氣。她們一直將外頭的世界視為極樂之地，甚至以為柯爾克再怎麼窮，想必也是過著衣食無缺的幸福生活。

柯爾克接著開口說：「逼不得已之下，我的族人向神明簽了契約。在那之後，雨水很快就來了，而且再也沒有發生乾旱的情形。」

她們聽了以後，馬上轉而露出慶幸的笑容，彷彿遭受不幸的人是她們自己似的。

「那……你們族人答應了什麼條件？」

柯爾克漂亮的雙眼閃爍不定，他抬起頭，以羨慕的眼神看著迎風搖曳的果樹，才終於說道：「這個，就等以後有機會再聊吧。」

【貳】來自異地的少年

子裡。

然後他轉身走開，黑色的身子牽著一道長影，他拖著步伐，走在滿是落葉的林

「哼，幹嘛呀，何必老是拒人於外呢？」

直到柯爾克拉開了好段距離，金央才開口抱怨。

「唉呀……」白瑪這才反應過來。

雖然白瑪一直覺得男人的態度親切，但總有股說不出的違和感，直到金央說了那句話，她才明白原因所在。那黑色的影子像是拉開一道牆，將柯爾克與其他人隔了開來——即使他面帶微笑，也沒人能越過那道長影看他——白瑪垂下頭，胸口莫名地緊縮著。

這個外地人……究竟經歷了什麼事？

【參】走向山神

【參】走向山神

在那之後，柯爾克在芽族不知不覺待了一個多月。

說來也好笑——當初柯爾克會認識芽族全然是個意外，甚至不在他旅行的計劃內——他在高原外的山路遇到半年大狩獵一次的芽族男人，順勢幫助他們與波玉人順利完成買賣，就這麼結識了性格剽悍的帕卓。

雖然帕卓與柯爾克性格完全不同，兩人聊起來卻像是一見如故，帕卓立刻邀請他到芽族的領地，並解釋高原的生活已經無法滿足芽族人的需求。

「波玉的傷藥與包紮方式很有效，讓咱們芽族男人活命的機率大大提升了。」帕卓笑著這麼說過。「但芽族人死得越少，果樹自然也跟著少，害得我們又得跟波玉交換食物。唉，以後就算不想依賴你們也不行啦。」

在帕卓多番遊說之後，柯爾克只好將手邊的事告一段落，就這麼跟著前往百芽高原。

芽族居住的百芽高原與柯爾克習慣的景色大相逕庭，銀白的樹林有如靄靄白雪，再過去，高處山丘的灰綠色草地高長過膝，而樹林與草丘的下方有片小湖，白天時像一片藍色的玻璃鋪在地上閃閃發亮，而且雨後才會出現。

他去過深山、看過荒野、也奔走在繁忙熱鬧的大城市，但這裡的一切是如此陌生又神奇——以往波玉人對芽族的遐想也全都落空了。芽族人的秘密，就是他們根本沒有所謂的秘密——之所以過著避世般的生活，純粹只是地理因素罷了。

不得不說，柯爾克當下確實感到有些失落，但也因此，他的存在、以及在貿易上的幫助，或許會對芽族人而言更有意義吧。

「柯爾克，你說啥——！」

……但是換來這樣的尖叫，他還真是沒想過。

他眨著黑白分明的眼眸，沉靜地看著眼前的姐妹倆——金央與白瑪，個性極度迥異，卻又能保持巧妙平衡的兩人——然後舉起手，露出一貫的輕輕微笑。

「是這樣的，帕卓已同意讓妳們帶我去採『髮草』。」

「什麼？要教你採髮草？」

「其實主要還是看妳們採……帕卓說經常是由妳們跑腿，難道不是嗎？」

金央整個人跳了起來，大喊：「那是有族人長期生病才會採的草，現在族裡一切安安穩穩的，採了豈不是在詛咒族人生病呀！」

柯爾克這才恍然大悟，沉吟起來。

「這樣啊，我不曉得對你們族人而言還有這層涵義……」

「就是！你想清楚再說嘛！」

「那就可惜了，波玉會以十倍的金額收購這種草，如果芽族人真的介意的話，

【參】走向山神

我會試試談別的貨物吧。」

「你說啥？你說波玉怎樣？」金央正要走開的腳步赫然停下，兩眼發直地衝了回來。

柯爾克微笑起來，簡單扼要地重覆那句關鍵字：「十倍。」

「——啊！那還等什麼，現在就出發！」金央怪叫起來，抓著白瑪的肩膀跳著腳，「快，白瑪，去加件毛皮衣，我們要出發了！」

「但是——妳說族人——」白瑪的頭被晃得前後搖動，連話都說不清楚。

「有十倍的金錢，哪還怕生病呀？走啦！」

金央興奮到臉都紅了，只見白瑪似乎還沒反應過來，她索性拉起深藍色裙角，自己先衝向帳篷內準備著裝；而白瑪好不容易站穩身子，扶著額頭看向柯爾克。

「看來得騎馬了。柯爾克，叫阿帕給你加件衣服吧，採草的地方比這兒更冷。」

「好的。不過關於採草的事……妳沒意見嗎？」

「我沒意見，有草大家開心、有錢大家也開心，這樣不是很好嗎。」

白瑪咧嘴笑了，那反應自然到讓柯爾克相信是真實的。從一開始她就不打算發表意見。

芽族人就是這樣沒有心機，哪怕相處了一個多月，他們的性子也不曾改變，表裡如一，不像波玉城裡的商人，就算來往一年，柯爾克也未必能看出他們的真正想法。所以當他對白瑪提問時，大概也猜到她會怎麼回答了。

——有點羨慕啊。

柯爾克忍不住浮現這樣的念頭。

沒過多久，金央就已經全副武裝衝出帳篷，一身厚重的毛皮衣與毛兜帽，紅通通的臉蛋衝著柯爾克呼喊，甚至嫌他太慢，主動跟帕卓要了大衣替柯爾克穿上。

三人就這麼匆促出發，甚至也沒跟柯爾克說要往哪裡去，讓他只能茫然地跟在後頭，也因此，他再次見識到這片高原的廣闊程度。

這座平原雖然地勢已經很高，但仍然被更高的群山圍成一環，所以從聚落往外看去全是遠方的山勢，而且終年堆積白雪；他們花了近半天時間的路程，走了與以往不同的方向，來到一片高山的山腳。

他們下了馬，將馬兒留在山腳後便往上爬，直直朝飄雪的位置去。

雪片隨著強風吹來，寒冷的溫度讓柯爾克直打哆嗦，連忙將衣服拉得更緊，這下子，他終於明白為什麼芽族人不常來採藥了。

「到了。」金央的聲音傳來。

【參】走向山神

「草在……哪裡？」

「不曉得，現在才要找呢。」金央幾乎是趴著身子貼在地上，雙手比劃起來。「髮草的頂端細細一根，所以我們都說那像神明的頭髮。只有眼力好的人才找得著。」

「哦，所以叫髮草啊。」

「是呀，很有效的，生了什麼病先吃這藥就對了。」金央口沫橫飛地介紹藥草，看她那模樣，恨不得現在就衝下山去換錢似的。「要不要，我將這一帶的藥草全摘了？那髮草數量很多，一天想摘個上千根也不成問題！」

「等等，別急呀！適量就行了，我只是要帶一點樣本給商人看，量太多我也搬不動。」柯爾克嚇了一跳，連忙出聲阻止她。

「摘吧，到時還能直接賣了，我才能賺更多呀。」金央嘟囔起來。

他一手扶著頭巾，輕輕嘆了口氣，「真想不到，妳竟然對錢這麼執著。」

金央忽然掩嘴露出笑容，壓低聲音說：「知道為什麼嗎？有錢的話我就能去波玉，挑到比這裡更好的夫婿了。」

「原來妳想的是這件事呀……」

「是呀，必須比白瑪的未婚夫好！這可是我的目標！」

柯爾克沉吟起來。「為什麼要和白瑪比？」

仔細一看，金央的五官輪廓鮮明，與白瑪相比的確不是漂亮的女孩，但也稱得上耐看；金央的臉形與父親較相似，眉毛也稍嫌粗了點，卻很有個性，每次只要她一開口，就能吸引所有人的目光。

如果白瑪是那種一見就討喜的孩子，那金央想必就是得花時間認識，才能懂得她美麗之處的女孩吧。

雖然她那過於強烈的氣勢，不是每個男人都吃得消——

「不是我想和白瑪比，而是因為我是她姐姐。做姐姐的如果沒有比妹妹優秀，那就不是好姐姐了。」金央垂下頭來，將鏟子挖進土裡，沒兩下就挖出一根藥草，放進編籃子裡。「我在家裡年紀最大，或許不是阿帕最疼的，但我可還是有長女的自覺。」

柯爾克打量了她好一會兒，才說道：「妳個性機伶、做事也勤快、也很懂得持家。」

這句話讓金央有如遭受雷擊，她整張臉漲紅起來，而且表情意外地顯得可愛。

「你、你、你說什麼呀！突然講這些！」

「不，我只覺得妳是個好女孩，就算多為自己打算，也不會說不過去吧。如果妳是想為了自己找個好丈夫，我認為那樣也挺好。」

「這、你呀……唔……別、別聊這話題了。說點別的吧。」

【參】走向山神

金央用袖子遮起嘴角，避開柯爾克的目光，在一陣尷尬的沉默下，她垂下頭，支支吾吾地用鏟子撥弄覆雪的土壤。

「你剛才說那藥草，難道不是越多越好麼？」

「數量太多，藥草就容易跌價。況且妳現在直接摘完，以後沒得摘了怎麼辦？」

金央嘴角一斜，像是在發出訕笑。「你傻了呀？這髮草俯拾皆是，像山上的雪一樣挖不完！哪可能說沒有就沒有！」

「當然有可能，我的村子就是這樣。」柯爾克皺起眉頭，聲音中難得帶著一絲急切。

「你村子……？」

「之前曾說過，我的村子發生旱災，當時我沒說的是……因為族人將四周樹木砍光的緣故，土壤的水份才流失得特別快。」柯爾克垂下頭，眼神帶著深切的哀傷。

「雖然知道樹苗還會生長，但是在我有生之年，大概再也見不到那片樹林恢復原貌。」

「那樣的話，讓神明把樹林長回來不就行了？你們怎麼沒想到？」

「因為長老和其他人否認這個說法，所以只有向神明祈求穩定的雨季。」

「然後呢？」

柯爾克卻搖搖頭，伸出手，貼在那覆著薄薄雪花的土壤上。

「神明允諾了，但祂的條件是族裡的人……一生只能生下一胎孩子。」

金央起先是撐著頭躺在地上，但沒過多久，她似乎會意過來，通紅著臉坐起身。

「那、那那是——什麼意思？」

「就是字面上的意思。與外族通婚也徒勞無功，不管嘗試任何辦法，一對夫妻都只能擁有一個孩子。族裡的人對此很不安，而我則是……唔，抱歉，也沒必要和你們說這些。還是別聊我的事了吧。」柯爾克苦笑起來，與金央一起盤腿，在草上席地而坐。

金央挑著眉毛，表情彷彿有些責難。

「噢，原來這就是你個性那麼古怪的原因。」

「咦？」柯爾克身子一震，沒想到金央會作出這樣結論來。

「我說你呀！既然待在芽族，就得拿出真心來！」金央忽然雙手插著腰，扯開嗓子朝他說道：「不管你以前有什麼過去，在芽族這裡就得放開心胸！老是埋頭計算數量啊、金額啊、喊價啊，不肯表露情緒，我阿帕怎麼能對你放心？」

「可是……帕卓就是要我來做這些事呀。」

「我談的是做人，不是作生意！你連笑都不會，聽好，笑就要放聲大笑、罵就大聲罵、哭就哭到淚水流乾才罷休！如果你做不到這點，就別想跟芽族人當朋友

【參】走向山神

了！」

「這個——」

「我也覺得柯爾克太拘謹了。」不知道何時出現在身後的白瑪，雙手貼在後背，微笑地低頭看著兩人。「在咱們家裡若是太拘束，反而會覺得是主人招待不周喔。」

「是這樣嗎？」柯爾克冒著汗，突然被兩個女孩這樣要求，反而讓他感到無所適從。

「雖然舉止有禮，但心思也讓人猜不透呢。」

「就是！就是！」

「覺得開心或不開心，直接表現出來就行了。」

「對對，你呀，該不會從來沒有大笑過吧！」

這對姐妹一搭一唱向柯爾克進攻，兩雙大眼直往他瞧來，盯得他寒毛直豎。「我沒有。就算大笑過，我也忘記是什麼時候了。」他老實說出答案。

「悶葫蘆……」金央一臉嫌惡的表情。

「咦。」

「你該不會是那種當別人要灌你酒時，還不斷推辭的無趣傢伙吧？」

「正常來說都會推辭吧。」

「是芽族男人的話才不會拒絕，就算吐也會喝！啊，好無趣！你這個人簡直好無趣！」

「妳到底在說什麼呀，金央！」

就在柯爾克快要無法招架的時候——

白瑪忽然在一旁大笑起來，捧著肚子蹲在地上，整個人笑得全身顫抖。

「啊哈哈……啊哈哈哈！你們、你們……哈哈哈……」

「喂，我明明是要柯爾克笑，怎麼變成妳在笑了？」

「因為……哈哈哈，他困擾的表情……實在太有趣了，哈哈哈！」白瑪跌坐在地上，一手用力拍著地面。「你們兩個根本是絕配！哈哈哈！」

「少說那種話！臭ㄚ頭！」金央又紅了臉，伸手捏著白瑪的耳朵。白瑪又笑又叫，兩個女孩就像往常那樣再度打鬧起來，拋下柯爾克跑走了。

而柯爾克還未回過神，他腦中不斷回想金央剛才說的話，雖然無理取鬧，卻深深打動了他。金央要他痛快地哭、痛快地笑——從來沒有人這樣要求他——在以前的村子時，大家總是要他別抱怨，要學會忍耐；在波玉城裡，商人們教他要有禮、要圓滑、把真正的想法藏在心底。

他撐著頭，坐在地上看那對姐妹奔跑，感覺自己也被改變了什麼。

【參】走向山神

「大笑嗎……」

他喃喃自語著，甚至沒注意到當自己看著她們時，嘴角不自覺地上揚了。

最後，她們摘了一百根品質良好的藥草，便打道回府了。

兩姐妹將藥草洗淨、晾乾，接下來還得曬個幾天的陽光才算完成。一根根手指長的深褐色藥草排列在布上，細長的形狀果然就像頭髮似的。

趁著柯爾克和父親討論買賣細節時，金央立刻把所有事告訴白瑪。

「真的呀？柯爾克的族人簽了那種神契？」

「妳信？我是不信啦，哪會有神明這麼壞心眼，讓女人只能懷一胎孩子。」

「姐姐，收聲點……」

金央冷冷地說：「為啥？妳真相信他？」

「當然，他沒理由和我們開玩笑。」

「嗯哼。」

「不然，跟阿帕確認……」

「喲，妳敢問麼？」

白瑪連忙搖搖頭，她才沒那個膽。「沒……但我只是覺得，如果那神明真的這麼壞，柯爾克的族人很可憐啊。」

「唉，好歹還能生一胎，又不是一個子兒都生不了。」

聽見金央那樣說，白瑪只好抿唇不語。金央大概還沒想到，如果每個女人都只生得了一個孩子的話，他們族人的數量只會越來越少，最後不得不與外族通婚；但這麼一來，族人的血緣也會逐漸消失。

哪個人不重視自己的家庭和祖先呢？何況她們芽族都會在樹上綁布條了，血脈相連，怎麼可能無所謂？

一想到後代的子孫連自己的祖先都不曉得，那麼這和滅族又有什麼不同？

白瑪哀聲連連，真心覺得柯爾克未免也太可憐了，難怪他會直接放棄婚姻；畢竟，哪個女方家族能接受這種事呢？孩子當然是越多越好了。

她本來還想湊合金央與柯爾克的婚事……但現在聽起來似乎更不可行了。

「別愁眉苦臉的。再一個月後，妳就要嫁人了，哪還管得著柯爾克的事。」金央抬頭注意到她低落的神情，連忙安慰著。

「妳覺得，帶他去爬濕瓦山如何？」

【參】走向山神

「啊！」金央險些吼了起來。「妹，妳說啥？」

「多帶上一個人也無妨。我會負責照顧他，阿帕也會同意的。」

「妳、妳可真是……」金央露出嚇呆的表情，不大情願地喃喃說：「算啦，妳就是愛多管閒事！要一起爬就一起爬唄，到時會發生什麼事我可不管。」

「姐姐對我最好啦。」白瑪嘻嘻笑起來，和金央一起蓋上布單，將髮草仔細包起來。

「唉……別鬧，柯爾克有句話倒是說得不錯，我今後還是多為自己打算得好。」

「打算？打算什麼？」

金央垂下眼簾，輕輕抿起嘴唇沒有回應。

這時，柯爾克正好走了過來，白瑪立刻笑開了，立刻起身朝他走去。

「妳們處理完了嗎？」柯爾克微笑地問。

「都好了！」白瑪露出燦爛笑著，緊接著搶說道：「對了，過幾天後我們要登濕瓦山，你也一起來吧。」

「要爬山？可以是可以，但是為什麼？」

「呃──因為，你之前說想瞭解我們芽族人嘛。」白瑪抬頭思索著，彷彿現在才要開始找理由。「想瞭解我們，那也得認識我們的神、我們的山，這是很重要的過程。」

柯爾克倒是沒想過這個方式，「所以，我們又要騎馬了嗎？」

沒想到眼前的白瑪反而咧嘴笑了，彷彿他問了個奇怪的問題。

「你在說什麼呀！腳不著地怎麼熟悉？帶好行李就上路——我們走著去。」

於是他、白瑪、金央和父親帕卓準備了行李後便上路，他們穿越銀白的樹林、灰綠色的草原，準備出發到以往只能遠遠觀看的雪白山脈。

除了基本的食糧、鍋具與帳篷外，他們還帶了祈求神靈保佑的五色旗，準備掛在指定的山峰上。「這是我們有願望向神祈求時會做的方式，我們稱之為『轉山』。」父親帕卓拿著小旗子向柯爾克解釋。「徒步上山，在指定的路徑走一圈，最後向山神訴說你的願望，綁上旗子就可以了。」

柯爾克把族人提供給他的毛皮衣套上，一邊問：「從這裡上山要花多久時間？」

「大概三天吧。」

「這麼快？」

【參】走向山神

帕卓挑起粗眉，說道：「你說什麼呀，三天是到達雪山山腳的時間！」

柯爾克這次著實嚇了一跳。

「什麼！」

「你不知道就跟來了嗎？到達山邊後，大概還得再花七天的時間巡禮，不過下山的速度會比較快。整個過程下來，也得費去半個多月的時間吧。」

「這、這真是一個浩大的行程啊……」

「想許願望可不是個簡單事啊，得先向神證明你的內心。」帕卓走在最前頭，看著金央與白瑪已經在草原上玩鬧起來，完全沒有半點疲累的模樣。「所以，你想許什麼願？否則那對姐妹怎麼會吵著要帶你來？」

柯爾克眨眨眼，不理解男人的意思。

「——不是你要我來的嗎？」

「——不是你自己和她們說要跟的麼？」

然後兩人沉默地對望了幾秒。

「唉，對不起呀，那兩個沒禮貌的孩子……」

「不會，她們很熱情也很善良，沒關係的。」

然而柯爾克垂下頭來，臉上的微笑卻彷彿帶著尷尬。

早知道這樣的話，他就會直接拒絕登山，然後繼續待在聚落裡替族人算帳目了；兩個星期的時間，豈不是代表除了走路之外，他什麼事都不能做了啊！

或許是這份焦慮被帕卓看在眼裡，帕卓大嘆一口氣，伸手用力抓著後腦勺的糾結長髮。「兄弟，你沒在介意吧？你看起來不高興啊。」

柯爾克抬起頭，正想委婉地感謝帕卓關心，卻突然想起金央的話——**不開心就要說，別把聲音藏在心底**——他眨了眨眼，下意識脫口說道：「當然不高興，我可是帳算了一半就跟過來的。這下子正事又拖延了。」

沒想到帕卓睜著渾圓大眼，大聲回道：「那又怎樣！喂，也不能怪我哇！」

……。

柯爾克眼神變得飄忽，默默決定收聲。

這種溝通方式……究竟哪裡交出真心了？算了，還是放棄吧，他根本學不來。

但是他們走了段路後，帕卓突然又轉頭看向柯爾克。

「真奇怪。我以為波玉人不會發脾氣，你果然沒那麼像波玉人。」

「是人都會發脾氣。」

帕卓不以為然地撇撇嘴，又說：「才不會。波玉人只會笑，哭也笑、氣也笑、想騙你的時候尤其笑得親切——我都快以為波玉人只剩下一種表情了呢。」

【參】走向山神

「既然這樣，為什麼還帶我回來芽族？」柯爾克對上他的雙眼，不知為何，他被那對澄澈的雙眼觸動了。

「因為你不像波玉人。哦，不是說外貌，當然外貌不像，但你是連個性也不像。」

「我好歹也在波玉住了十年呢。」

「這樣很好，有些東西一但收進靈魂裡，就永遠改不了的。可見波玉的生活並沒有影響你那麼深。」帕卓笑著，忽然又停下腳步，轉回頭來悄聲問：「那麼，你對金央有興趣麼？」

「啊？」

「呃，我沒別的意思。只是金央實在——該怎麼說呢，年紀也大了。我只是想，你跟金央處得不錯——我覺得，她是個好女孩——」

柯爾克連忙打斷帕卓滔滔不絕的話，「帕卓，我想你是誤會了。我不打算娶妻，也不認為自己的生活方式能給哪個女孩幸福。我想，任何一個族人都比我來得適合。」

「這嘛——是不能娶，還是不想娶？」

柯爾克皺起眉頭，像是被戳到痛處一樣。「不想。帕卓，你明知道我族的狀況……」

「啊，對不起對不起，我不說了。但是你要明白，感情這種事更重要啊。唉，也罷，不提了，我懂你的顧忌……不過，你再考慮考慮。」

「我——」

「唉呀，未來的事誰說得準？反正，考慮看看！好，不說了、不說了！」帕卓用力拍拍柯爾克的肩膀，然後若無其事地結束了這個話題，轉頭朝那對姐妹吆喝起來。

柯爾克抓緊身上的行李，胃部因緊張而扭絞起來。

看來這趟旅程不會比想像中輕鬆呢……他感嘆地想著，只見那對姐妹在草原上奔跑著，金央撿起地上的野花朝白瑪擲去，白瑪尖聲叫了起來，笑得臉頰紅通通地。

她們在父親的呼喚下跑回來，看起來是要就地紮營了；天空呈現一片金黃，微風帶來些許涼意，她們的笑聲在草原上響亮無比，在陽光底下身姿閃閃發亮，佔據了柯爾克的視線。

他看著帕卓高大厚實的背影，以及白瑪笑著撲進父親懷中的模樣。

柯爾克胸口刺痛起來——當年家人寫給他的訣別信，他至今還帶在身邊，像是一根拔不出來的刺，緊緊嵌在肉裡——以至於看到眼前的溫暖畫面，他竟有種遙遠的疏離感。

直到他們三個同時向柯爾克招手，笑著催促他快點跟上。

「柯爾克！」帕卓渾厚有力朝柯爾克喊來。他用力拍著雙手，說道：「快跟上，

【參】走向山神

我們要繼續前進。」

「咦，不紮營嗎？」他抬頭看向快接近黃昏的天色。

「怎麼，累了？」帕卓劈頭便問。

柯爾克確實感覺自己的腳有些痠麻，但看著他審視的神情，自己也實在說不出這種話來。「嗯、不，還行。」

「那就再走一段吧，來來，加油。」

他點點頭，安靜無聲地跟了上去。

當晚他們在一座山丘邊落腳，兩姐妹肩倚著肩，在火堆旁有一搭沒一搭地聊著，偶爾金央甚至會對白瑪大聲罵幾句，但很快又恢復了往常的語氣。白瑪總是氣鼓鼓地回嘴，然後又被其他話題勾走了注意，與金央再度有說有笑起來。

在柯爾克眼底看來，他實在很難明白這對姐妹的感情究竟是好或不好。總是輕易為了點小事鬥嘴打鬧，現在她們又笑得滿臉通紅，被帕卓的笑話逗得樂不可支，他突然覺得，看著這對姐妹反反覆覆的表情也是一種趣事。

「對了，柯爾克，你打算什麼時候離開這裡？」最後似乎是帕卓終於注意到柯爾克的沉默，便朝他隨口問了句。

「爬完山之後再決定吧，我其實本來打算這幾天就走……」

「喔，那就等參加完白瑪的婚禮再走吧。」

柯爾克一愣，平常太少聽白瑪提起嫁人的事，他差點忘記白瑪已經有個素昧平生的未婚夫。「真的可以嗎？不會打擾到你們？」

「結婚是整個聚落的大事，在場的人都可以自由參加。」

「對啊，到時會有很多好吃的東西，還有音樂，大家會一直跳舞！」白瑪也雀躍起來，絲毫沒注意身旁的金央表情有些低落。「如果你參加了，大家都會很開心的！」

「那我就不客氣了。」柯爾克微笑允諾。「白瑪的夫家是什麼樣的人，帕卓知道嗎？」

「之前下山時見過一、兩次他們家的人，那男的叫做丹巴，我帶金央下山時偶然見過。看起來是個勇猛的少年，而且也挺好看的。」

——帕卓口中的「好看」，大概都是壯碩高大的勇猛男子吧。

柯爾克一邊想著，默默點頭附和。畢竟帕卓剛認識自己的時候，他不停地嫌柯爾克看起來弱不禁風、總是沒吃飽飯的病樣。雖然熟識之後他已經不常批評柯爾克的體格，但看得出來帕卓總是會以眼神悄悄打量，一副想把自己晚餐分給柯爾克的模樣。

【參】走向山神

「金央見過他？怎麼沒跟我提過！」白瑪張大眼，連忙湊近父親身邊，興奮地笑起來。

「反正嫁過去後也是天天見面，有甚麼好說的。」帕卓嘻嘻笑了起來，「不過我聽說，丹巴在十歲時就與他父親一起狩獵，而且親自殺了一頭鹿。」

「好厲害！」白瑪倒抽了一口氣。

金央捧著碗，冷不防地冒了句：「那些都是親戚誇大其詞，吹捧的吧。」

「唉，能讓每個認識的人都吹捧他，表示那少年是真本事啊。」

「──是唷。」金央輕聲應著。

「好想快點見到呀……這段等待婚嫁的日子，就好像在作夢似的，真希望快點成為現實。」白瑪心滿意足地吐了口長氣，揚起淺淺的微笑。

帕卓呵呵笑了起來，大力摟著白瑪的肩膀晃呀晃的，兩人都沉浸在一片幸福的氣氛當中，金央卻表情陰冷，垂頭啜飲快冷掉的馬奶茶。

柯爾克看著這三人的微妙互動，連忙也喝起茶來，不敢再多問幾句，以免一旁的金央擺出更可怕的表情。

第一個夜晚就這麼有驚無險──至少對柯爾克來說是如此──地過去了。

之後幾天的旅程稱得上平淡無奇，放眼望去盡是遼闊無邊的平原，只有天氣是越來越寒冷，風打在身上也刺痛得多。當他們終於靠近雪白的山脈時，柯爾克才發現來雪山祈禱的並不只有他們。

一路上他們偶爾會遇見三兩成群的芽族人，有的正要下山，有的則在路上與他們結伴而行。當第四天的夜色來臨時，他們的人數已經變成九人的大隊伍，在這寂靜到只有風呼嘯的雪白世界，多一點歡笑聲確實讓人安穩許多。

他們深入山中後，這裡幾乎沒有半點生物的蹤跡，更別提花草了，所能見到的除了薄薄雪地與黑色山陵之外，柯爾克好幾次快分不出方位來，只能疲憊地維持住精神，跟在眾人身後。

沒想到登上雪山，竟是這麼費神耗力的事情，之前在雪原採藥草還顯得輕鬆了——他在心底不只一次這樣想著，甚至，懷疑起自己究竟為什麼要答應到山上來，做這種吃力不討好的事情——何況這與他到訪芽族的理由完全無關。

直到大家開始就地休息後，柯爾克連忙喝下一碗熱湯，才總算讓自己舒服許多。

他捧著碗，幾個芽族男人開始哼起歌來，似乎是在讚頌山間神靈的偉大，以及天地萬物皆有生命的故事。

柯爾克雖然疲憊，聽著音樂又讓人重新振奮起來，沉醉在那高亢美妙的音色中。

而白瑪裹在毛皮大衣下，坐在柯爾克的身旁。她兩片臉頰紅通通的，或許和她剛喝下一碗熱湯也有關係。「柯爾克，只要有任何心願，我們就會上山告訴神，希望事情順利。」

「這樣啊，妳要祈求什麼？」

「自然是婚姻順利囉。」她露出羞澀的可愛笑容。「你呢？你想好了嗎？」

他微笑起來。老實說，除了希望快點下山之外，他目前也沒想過要許什麼願望。

「我還沒想好。」他誠實回答，然後伸手比向白瑪胸前的珍珠項鍊。「話說回來，前幾天沒注意到，但妳連這項鍊也戴上來啦？」

「是呀，我想說，戴著這項鍊，或許神靈就能知道我和哪個家族的人結婚了。聽阿帕說，這項鍊是我未婚夫親手掙來的。」

那要不少錢啊，如果是自己掙來的，還眞是不得了。

柯爾克在心中迅速計算珍珠的價格，一邊暗自佩服起來。

「送一串珍珠項鍊給女方家人，這是族裡訂親的規矩，只有戴著珍珠項鍊的新娘才是真正的新娘。」金央不知道何時聽見了他們的談話，拿著一碗熱湯搖晃晃地走來。她的五官比較像父親，就連身材也較為壯碩，不過光瞧背影的話，也很難將她與白瑪分辨出來。

「金央是來求什麼？」柯爾克一看見她走來，立刻貼心地避開婚事的話題。

然而金央卻只是臉色一沉，但又像是被寒風吹皺了五官。「沒什麼，求家人平安健康囉。柯爾克，聽過珍珠新娘的故事麼？」然後她稜角分明的臉龐蔓開笑意，啜飲起熱湯來。

「唔，沒聽過。」

「以前我族裡有個女孩兒，自小便與鄰村的男孩訂了親，但男孩家人怕認不出女孩長大後的樣兒，便規定女孩在結婚當晚必須戴上一串珍珠項鍊，才能證明是當年訂了親的對象。」金央幽幽說著，語氣裡沒有半點說故事的興致。「結果女孩家裡窮，湊不足項鍊的珍珠數量，只好做成耳環；沒想到男方見了後勃然大怒，認為他們找了個假新娘來。最後，男方便娶了另一個人家的女孩為妻，那女孩沒姿沒色的，但因為家裡有串漂亮的珍珠項鍊，所以反而是那醜女孩成了新嫁娘。」

柯爾克默不作聲，看金央嘴角勾起淡淡的笑意。

「很可笑吧？真正有資格的女孩卻沒成為新嫁娘。最後，那嫁出去的醜女孩又懶又胖，也不做家事，讓丈夫很快便後悔了；從此，就成了男方送女方一條項鍊的習俗，一來是為了確保沒選錯人，二來是證明男方的誠意與眼光，以及無法後悔的決心。」

「很有趣的故事。」

「嗯，是唄。」金央咧嘴說道：「也給了人很多啟發。」

柯爾克點點頭，只感覺她的氣息有些奇異，不再像以前那樣爽朗，卻也不敢多問。

最後男人們也唱得累了，他們一個接一個地在風嘯聲中睡去，柯爾克坐在地上，靜靜添加著柴火。等到明天，他們就終於能到目標的山峰上。

現在唯一醒著的，除了柯爾克外，大概就只剩金央了。

金央打了個哈欠，靠在已經熟睡的白瑪身邊。「柯爾克，這一趟好玩唄？」

「嗯？還行。」他回過神，思考金央對「好玩」的定義。雖然他只想到磨破皮的腳掌、痠痛發麻的雙腿、以及冷到無法安穩入睡的寒風。

「那就好。」她又打了個哈欠，模糊不清地說：「是白瑪堅持要帶你上來的，她說我們的山神很善良，連外族人也包容。你若有甚麼煩惱，在這兒也一定能夠解決。」

【參】走向山神

他微微睜眼，心頭用力一震。

「——我看起來像是有煩惱嗎？」

「你覺得沒有就沒有嘍。」她聳聳肩，似乎沒興致再聊了。「雖然我覺得你這一路上只會累個半死，但別忘記謝謝她。」

柯爾克呵呵笑了起來。「明白。謝謝妳，金央。」

「你明明是想謝謝白瑪的。」

「我知道。」他微笑著柔聲說道：「但我也想謝謝妳。」

「這麼說來，我也得回謝你囉？」

「喔？」

「從小到大，我爬了這座山好幾次，每次許的願望都是祈求家人平安、祈求族人富足、祈求我這個傻妹妹幸福快樂……」金央勾起嘴角，閉上雙眼。「唯有這一次……我打算聽你的話替自己祈求。只要這一次就好。」

「這樣很好。」

「哈，你又不曉得我要祈求什麼，怎麼知道好不好。」

「不論如何，我都祝福妳。」

金央揉著眼睛，撇著嘴角盯著他好一陣子，忽然她大歎一口氣，喃喃低聲說了幾句便躺下來睡了。

柯爾克出神地看著她的舉動，然後從身邊撿起小塊石頭，將碎石子隨手丟進火堆中。

雖然金央那些話並不是要說給他聽，也刻意模糊地放低音調，但他仍聽見了。

——如果你買得起珍珠項鍊就好囉。

他抿起唇望著火堆，又伸手擲了一粒小石子，激起零星火光。

「……就算有，也沒用吧。」

柯爾克低聲說著。

燄花在他深遂的眼眸深處舞動，將麥色的肌膚照得發燙，柯爾克專注地凝望著，直到終於有人起來替他看守火堆，柯爾克才終於得以躺下休息。

不論金央有沒有聽見那句話，他都已懶得去管了。

「這裡，這條路。」

「大家都跟上了麼？」

【參】走向山神

「等等，帕卓快跟上來了……」

隔天，一群人七嘴八舌地繼續前進，他們上了指定的山峰，視野才終於開闊起來，等九個人全都聚集在山峰平臺處時，已經是接近中午時分的事了。當到達平臺之後，所有人都一齊歡呼起來，抱著彼此慶賀著。

帕卓也跑來大力摟住柯爾克，連連稱讚他竟然沒有半途放棄。

「好幾次我都以為你快不行啦，瘦小子！你真是厲害！」

「帕卓，若不是一醒來便立刻灌了杯熱馬奶，我大概會真的凍死在山谷裡……」

柯爾克在帕卓懷裡，心有餘悸地打著顫。

「哈哈哈！確實要小心啊！我也差點在山上死了好幾次，哈哈哈！」帕卓爽朗大笑，仍然開心地摟著他的肩膀。「我們都稱這山叫作『濕瓦』，意思是神靈之峰，這平臺就是濕瓦平臺。只有在山峰處才會終年積滿白雪。」

「接下來要作什麼？」

「哪，看見那根石柱子沒？把這條寫了名字的錦旗握在手中，向神靈說出你的願望，繫上柱子便成了；但別忘了，等到你的願望完成後，要再上山取走你的旗子，然後帶回族裡燒掉。」

帕卓指向一根黑色的石柱，被芽族雕刻出簡單的圖案及符號，頂部特別造了環，讓人能將錦旗綁在環上。柯爾克點點頭，看著自己手中的旗子，一條白色細繩繫著五面不同顏色的旗，各畫著精緻的圖案與符號。

「也就是說，願望實現後還得再上來一趟呢。」他微笑起來。

「很令人期待，對吧！」帕卓發出洪亮的笑聲。

「嗯……期待嗎……」

柯爾克看著其他男人們將五色旗幟掛上，讓它們在風中飛揚起來，原本只有黑白色調的山脈突然增色許多，五色小旗在狂風中抖出聲響，多了一絲活潑的生氣。

他往前走，驚訝地看著前方景象。

向天際的邊緣望去，山峰下的景色一覽無遺，黑白交錯的山岩、灰色的平原、以及遠處那些看不見盡頭的白色群山，與濕瓦峰一樣陳積數千年來的降雪。

柯爾克站在平臺邊，望著蒼穹與開闊的景色，幾乎要忘記爬山路途中的痛苦，感覺思緒也隨著腳下大地遼朗起來——有那麼一瞬間，他感覺被風吹撫了心靈，以往惦念的、痛恨的、傷感的事情，在這裡竟然變得微不足道，彷彿只是一片飛雪。

他握緊手中的錦旗，深深吸進冰涼的空氣。

接著，他熱淚盈眶。就連他自己也不明白原因。

白瑪環抱著身子走來，臉上帶著燦爛的笑，「柯爾克，你許好願望了麼？」直到

【參】走向山神

瞥見柯爾克臉上的淚水，她才驚訝地說道：「你……你怎麼了？」

他搖搖頭，趕緊擦去眼角的淚水，「對不起，突然間有點感動……也有點羨慕，你們竟然和這樣的風景相處了數百年。」

「這樣啊。」白瑪鬆了口氣，害羞地將眼神別開，輕聲說道：「我起初也覺得這裡很美，但和阿帕爬了很多次，其實最近也習慣這景色了。反正，敬意最重要。」

「我完全能夠理解。站在這裡、看著這片山景……崇敬這片土地的心情自然就油然而生了。」他語氣一頓，又接著說：「我看過大海，也看過沙漠，但你們這裡給我的感覺是更寧靜、更古老的……嗯，我不會形容。」

「海？沙漠？」白瑪眨了眨眼，「那是什麼？」

「我想想……妳就想像一下，眼前的山景如果變成一望無際的水面，那就叫作海。」

「不可能！真有這種地方？」白瑪忍不住叫了起來。

「有啊，波玉城有個港口，港口那裡就能看見海；每天太陽升起時，水面就像藍寶石一樣閃閃發亮。」

她興奮地看著柯爾克，雙眼也像海面般閃耀。

「好了不起的感覺！」

「會嗎？我倒覺得你們的山親切多了。」

「山神對我們很好，只要你有敬意，祂也會對你好。」白瑪垂下頭，尷尬地開口：「我聽說你們族人神契的事……如果你跟這裡的神祈求，或許咱們的神能幫上你。」

柯爾克吃驚地張眼，「跟這裡的神？」

「是呀！我們的山神很偉大，你跟祂求求看，說不定能解掉你們族人的契約，還你們族人生孩子的自由！」白瑪張開雙手，又接著滿臉通紅地大聲說道：「這事情——這事情很重要！應該要想生幾個就生幾個，只有一個的話太少了！」

看著白瑪那難得認真的模樣，柯爾克忍不住噴笑起來，笑聲越來越大，完全無法停止。「妳……突然跟我說這些……哈哈！」

「你笑了！但是……這好笑麼？著實是太少了嘛。」

「哈哈哈……是啊，太少……啊哈哈！」

「你又笑了！哈哈！」

見柯爾克笑彎了腰，白瑪的表情就像是發現了稀有的寶物，跟著大笑起來。

最後他們笑累了，便一起蹲在地上，抱著痠痛的肚子對看。

「謝謝妳，白瑪。」

【參】走向山神

奇異的是，當他說出這句話時，聲音也澄澈有力起來，短短一句話便將所有陰霾甩開。

「謝什麼哇，全是你自己的努力。就連爬上這座山也是。」白瑪也瞇起眼，她的雙眼水靈有神，讓柯爾克聯想起波玉的廣闊汪洋。

「嗯。」

他也朝她微笑，眼中流轉著一抹奇特的溫柔；起初白瑪也笑著與他對望，但沒多久，她卻覺得那對目光像是要將她擄獲，帶至陌生的世界裡，讓她變成連自己也不熟悉的人。

白瑪感覺胸口怦然加快了速度，不管是柯爾克的眼淚或微笑，都能輕易挑起她內心深處的情緒。她乾澀地吞了口水，忽然地，她不想搞懂這種奇異的感覺，只想快點逃開。

「白瑪，」柯爾克的聲音帶著微微低沉的磁性，「我想……」

「願望！」她大喝一聲，滿臉通紅地伸手打斷了他。「你想好了，對麼？」

他微微一愣。

「你、你你是在說這個，對唄？」她硬是扯起笑容，卻覺得臉頰在他的注視下越發火燙。

「對呀。怎麼了嗎？」他的眼神中帶著困惑。

她扭過頭去，結結巴巴地說：「哦，這樣，這樣很好。那、那你打算許什麼願？」

他沉吟起來，才望向眼前的風光說道：「神契只憑著祈禱是解不掉的，所以，我本來就沒想好要許什麼願望，而且在看見這景色後，就更沒有其他願望了。」他感嘆地伸手拉著毛帽，以免被風吹走，也才能遮住他顯得緊張的表情。

「都沒有嗎？」白瑪愣愣地眨著圓眼。

「不然，就替妳祈求吧。」

「咦？」

「祈求妳成為幸福的新娘囉。」

她張著嘴，半晌說不出話來，而眼前的男人卻仍掛著一派自如的沉穩笑容。

「不好嗎？我是認真的這麼想。」

他的語氣帶著幾分明知故問，但白瑪或許是過度震驚，於是根本沒注意到這點。

「啊……不，我不是……」她黑白分明的眼眸睜得老大，雙手也遮起燙紅的小臉，像是完全沒料到男人會這樣說。「我是以為，祈求族人平安甚麼的，會不會……會不會比較恰當呀？」

「老實說，我也不知道。」他輕輕吐了一口氣，明顯斂起了笑意。「我的母親為了要我忘記族人的事，在我年紀還小的時候，就將我帶到外地工作了。」

「所以你才會到波玉居住……」

「波玉住著來自各地的民族，也有著各種工作的機會；我的族人希望保留純淨的血脈，所以寧可步向滅亡，也堅持不與外族通婚，而我的母親卻極力反對這點。所以——母親和一部份的人離開村裡，來到波玉大城定居下來。」說到這裡，他尷尬地抓著後腦勺，「嗯，抱歉，盡是些不足以談論的家務事。」

白瑪搖搖頭，接著問道：「你呢？你是怎麼想的？」

他垂下眼簾，濃密的睫毛在風中輕顫著。

「我想，這也是我最想搞清楚的事。族人的家鄉與波玉城各佔去我一半的人生……不管是哪種方式生存、不管捨棄哪一邊，我都會感到痛苦。所以該以什麼身份生存下去，我自己也在猶豫。」

白瑪沉默下來，她不敢說自己理解柯爾克的掙扎，但眼前的他是如此困惑、不安，甚至游移不定。而那並不是自己能輕易替他解決的問題。

「其實，我兩邊都憎恨過。」在短暫的沉默後，柯爾克又開口說：「恨過我母親，也恨過我的族人，氣我們的祖先為何要與神明簽下這種契約。所以我故意四處奔波、故意居無定所，假裝自己不在乎娶妻生子的問題……直到我隨帕卓來到你們聚落，遇見妳之前，我都還一度抱著這樣的想法。」

「遇見我之前？」她低呼一聲。

「是的。」他微笑起來，雖然那表情帶著白瑪無法說明的複雜與感傷。「爬上濕瓦峰之後，總覺得……可以感覺得到你們口中所謂的神靈吧。雖然我不會解釋，但原本一直糾結在心裡的情緒，好像都被化解開來了。原本的煩惱，在這裡好像都顯得微不足道，所以……」

「那也跟我沒關係呀。」她聽的一愣一愣地。

「因為是妳向帕卓要求帶我來的吧？謝謝妳。」柯爾克笑了起來。

「啊、唔……嘿嘿。」她傻笑幾聲，像是承認了。

「那麼，我要去繫旗子了。」他舉起手中的錦旗，轉身打算走開。

「啊！」她連忙說道：「你別將願望浪費在我身上啊！一定還有更好的願望的！」

他點點頭，不再看白瑪。

等大家都繫得差不多後，他才跟上其他人的腳步繫上自己的五色旗，繽紛的旗條跳著豔麗的舞姿，幾乎要在風中歡唱出歌曲來。光是看著那景像，柯爾克便真覺得芽族人說得沒錯，任何事在這裡都可以實現了吧。

他再不捨地望著這片景色幾次，直到他們不得不下山為止。

【參】走向山神

一路上，沒有人追問他許了什麼願。

雖然，就算別人問起了，他也不會說實話的。

——但他仍不自覺地感到一絲慶幸。

在這之後，白瑪的婚禮準備很快開始了，繫完五色旗的一星期後都沒出現什麼壞徵兆，村人普遍認為那是白瑪的祈求被神靈接受了，所以就算繼續進行婚事也不違背神命。於是，日期很快地確定下來，也因此讓白瑪的家人每天都忙個不停。

柯爾克在那之後一直與白瑪維持著距離，一來是即將嫁人的新娘要盡量少和年輕男人接觸，一來是那次下山之後，他總覺得自己與白瑪之間的氣氛有種微妙的緊張。

疏遠一分便顯得刻意，再親近一分卻又嫌逾矩；或許那是他自己的錯覺，可能因為見過她試穿新娘裝的模樣，讓他明白到眼前的女孩已成為他人的新娘，所以才會產生這份尷尬吧。

白瑪的母親替她試套了新娘服，住在他們家中的柯爾克自然也在一旁觀看了。她穿著繽紛的衣裙，胸前除了珍珠項鍊，還另外掛了幾串紅瑪瑙與金盞，頭上披著長長的鮮紅頭紗，金飾在身上鈴鐺作響。

她綻開笑顏時就像一朵燦爛的鮮花，所有家人都讚賞不已——除了金央以外。

「婚禮的前晚，我們會先辦場盛宴，一直慶祝到半夜，清早時新娘就得遮起頭紗，不能吃也不能喝，懂麼？」阿媽轉著白瑪的身子，在更衣的過程中不斷地耳提面命。

「懂。」她嘻嘻笑著。

「我在想啊，那叮噹響的項鍊會不會太少了點？」帕卓在一旁不停給予意見，手指也不停比劃，緊張的模樣好像要嫁人的是他一樣。

「再掛上去，你女兒就走不動啦！」

「有甚麼關係！反正坐新娘馬車下山不是？」帕卓不理會他妻子的瞪視，笑著轉頭朝柯爾克說道：「喂，到時我們男人全都會替新娘開路，騎著馬到新郎家，然後就回來。柯爾克，你真的要選在那天回去？」

他揚起一貫的微笑，說道：「是的。待得太久只怕添你們麻煩，況且，我也和波玉的朋友有約。」

【參】走向山神

「這麼趕哇？真可惜。」阿媽捧著臉頰，投以遺憾的眼神。「我還想說你能再跟我們金央多培養感情呢。」

眾人哄堂大笑起來，將目光轉到金央身上——只見她撇起嘴角冷冷笑了一聲，然後在眾人的目光下跺步離去。

「金央！喂、哎呀……」

「咦，我只是在開玩笑呢。」

「妳剛剛那句真是玩笑話嗎？」

「要去把金央叫回來嗎？」

帕卓粗魯地擺了擺手，打斷了其他人的交談。「啊，別理她，氣歸氣，但她又能怎樣？沒人提親也不是我錯，我也在努力找了，都是她自己要求太高。」

「唉，先不提柯爾克，這聚落裡也不是沒有男人啊。依我看，是你這個阿帕不爭氣。」白瑪的母親倒是說得挺淡然。

「你們也知道她從山上回來後一直是這個硬脾氣，最近她……唉，別理她。不是妹妹先嫁害她沒面子，再這樣鬧下去，大家遲早都沒面子。不提了！」

接著他們安靜了幾秒，然後笑著將這話題隨口打發過去，沒多久後又把注意力放在白瑪身上。白瑪表情盡是寫滿擔憂，但在家人歡欣鼓舞的氣氛下，她也不好意思再多說什麼，繼續和阿媽確認婚禮的流程。

柯爾克盤腿坐在地上，一手撐著下顎，順著他們的話題回想起金央最近的異常行徑。

確實，自從她從山裡回來之後，不但沒有許下願的喜悅，反而更是常常緊鎖眉頭，哀聲嘆氣的模樣。

就連平日和她最親近的白瑪，也摸不清金央究竟在煩惱什麼，或者說，金央變得比以前還寡言，就算對著白瑪也不肯透露半句。

帕卓並不是沒有積極替她找對象，甚至想幫其他提親的人盡快談成婚事，但金央都倔強地以「他們都配不上我」為理由回絕了，惹得帕卓狠狠打了她一頓。

柯爾克聽過很多部族，都是父親一手主導婚禮並挑選對象，但芽族這裡女人的地位並不亞於男人，所以就算帕卓再氣，也仍然尊重金央的意見。以柯爾克所見過的經驗而言，帕卓的作風還算是溫和的了。

「柯爾克，」當白瑪換下新娘服後，她露出一身白衣裙，飾品也都拿了下來，唯獨胸口那串珍珠項鍊還戴著。「我要去找金央，你來麼？」她朝柯爾克走來，趁眾人忙著收拾東西時悄聲問著。

「不了，妳去吧。」

【參】走向山神

「那……今天是我們最後一次聊天了，明天穿上新娘服後既不能露臉、更不能說話。」

「嗯，我知道。」

她笑了笑，卻好像有些緊張。猶如在濕瓦平臺上的那時，她也露出一樣的表情過。

「我想……我也想祝你幸福。」她別開眼，不好意思地說著。「總覺得這場婚禮會很順利，我在想，或許和你許的願也有關係，所以、所以我想謝謝你。」

柯爾克眨著眼，悄悄別開眼神。

「就算沒有我的願望，妳也能過得很好。我相信這點。」

白瑪細緻的臉龐浮起一抹紅暈，她甜甜一笑，朝門邊走去。

「再見。」

「再見。」

她將遮簾掀起，一道陽光灑在柯爾克身上。

很快地，那道光便隨著遮簾消失，他的身子再次回到陰影之中。

白瑪和金央不在的時間，過的特別緩慢，也特別寂靜。

到了晚上，柯爾克就將東西收拾好了，他盤坐在地，對眼前的行李呆呆望著，同時為自己的打包速度感到驚異。

來到芽族已經有將近三個月的時間，他陪同帕卓研究貿易路線，討論開放與鋪設便道的事情，也順便學習這裡的文化，三個月的時間幾乎是飛逝而去的。

雖然芽族人都期待與大城市密切交流的生活，柯爾克卻反而感到一絲不捨。雖然這片高原的生活與他當初猜想的大不相同，不過這裡仍是一片與世隔絕的純淨之地，這樣講或許自私得過份——可他真的一度希望這裡能夠不要有所改變。

但是，一但離開高原之後，這些事也和他沒有關係了吧。

他一邊想著，一邊翻出行李底下的信紙。

那是母親在他臨走前給他的家書，除了普通的問候與關心之外，寫的盡是要他盡快娶妻定居、別再惦記故鄉的事，柯爾克晃著那封信，不知道是哪來的衝動，他將信紙隨手丟進屋內的火塘裡。

信紙發出霹帕聲響後燒成片片餘燼，他理應感到高興，卻覺得自己一點也沒有勝利的快意；相反的，那些內容早已深深刻在他的記憶之中，就算不用書信提醒，

【參】走向山神

他也仍會為這股意志掙扎著。

難道真的要考慮娶妻了……嗎？

——不。就算他真有考慮，也不可能有人願意和他結為連理。

他閉上眼，腦中模模糊糊地浮現一名芽族女孩的身影。

「——你不說出來，誰知道你在想什麼！」

「唔！」金央的聲音敲醒了他，柯爾克猛然回過神來，才發現身上冒著熱汗。

他匆匆解開頭巾，撥開凌亂的黑髮，對自己一瞬間冒出的念頭感到可恥。

「柯爾克！今晚太冷了，咱們來喝點暖酒吧！」就在這時，帕卓大剌剌地走進帳篷，脫下那一身毛皮衣，手上還拿著兩袋酒袋。「或者你不要？我一個人喝完也沒問題。」

扶著額頭的柯爾克喘著氣，啞著嗓子說：「給我吧。」

「喔？」帕卓驚喜地走近，將其中一袋酒袋遞給他。「不錯，會主動要來喝了，這才像話！來，族酒，用果子釀的。」

柯爾克接過來，毫不猶豫地灌了幾口，馬上得到帕卓的稱讚；他又接著灌了幾口，帕卓猶豫了，要他喝慢點，柯爾克卻一口氣將那酒袋喝盡了。

帕卓還沒開口讚佩，他便被濃烈的果香與酒精沖昏了頭，昏沉沉地閉上雙眼。

「喂、喂？兄弟？」

——他就這麼睡著了。

睡夢中，他像是又回到登上山峰的那日，他還和白瑪蹲在地上，發出這輩子最清亮狂野的笑聲。他手中的旗幟輕輕纏緊、打結，在風中狂舞拍動，發出了像是許諾願望的聲音。

柯爾克並不欣喜，反而感到後悔，只想讓一切過程重新來過，讓他許下不同的願望。

「這兒的風會許諾所有人的願望。包括你的，柯爾克。」

夢中的白瑪笑著說。她的笑臉是多麼燦爛、鮮明，而且再也無法親眼看見了。

——如果這裡的山神，真能允諾眾人的願望……

——那眾人又要付出什麼樣的代價？

他抱著這股疑問，在夢境中逐漸清醒，聽見身旁不斷傳來窸窣聲響。

「柯爾克、柯爾克……求你醒醒。」

一開始他以為是風聲，但那聲音傳來了幾次，喊著他的名字，甚至越來越清晰，才使他模模糊糊睜開了眼。

「柯爾克、柯爾克。」一道人影悄悄靠近，澈底驚醒了他，「別聲張，是我。」

「誰？」他含糊不清的應聲，但等他看清眼前的來人後立刻嚇出一身汗——竟然是白瑪，那個最不應該出現在此的人。「妳不該在這邊。」他小聲說著，以免驚動旁邊熟睡的帕卓。

「我知道，對不起，你能……你能出來下麼？」

他沒再說什麼，隨著白瑪悄悄起身，兩人遠離帕卓如雷的鼾聲，走出帳篷屋外；天色還灰矇矇的，沒什麼人走動，柯爾克抱著胸口，這下他完全醒了，帶著驚訝的表情看著眼前臉色慘白的白瑪。

「柯爾克……我找不到，找遍了卻都找不到……」白瑪劈頭便說，她四處張望，希望沒人看見他們似的。「怎麼辦？怎麼辦？阿媽會打死我的……」她一邊說，眉頭也不時深鎖。

「冷靜下來，妳說什麼找不到？」他倒抽一口寒氣。

「項鍊……」她吞吞吐吐開口的瞬間，淚珠也承受不住地落下，她顫抖著身子，迴避柯爾克震驚的模樣。「我們昨天玩過頭了，到處亂跑；我不知道……回來時也沒檢查……怎麼會……」

「白瑪、白瑪，冷靜點，沒事的。」他連忙低喚她的名，卻不敢貿然碰她的肩

【參】走向山神

膀。「我們現在就去找。妳確定掉在外頭了嗎？掉在屋子外的地方？」

「嗚、嗯……我在這附近找了一晚，確定都沒有……」

「再找找看？一定在某個地方……」

白瑪連連搖頭，伸手遮住哭紅的鼻頭，含糊說道：「昨晚睡前就……就找不著了，金央陪我找了一晚，可是……」她說到一半，忽然將臉深埋在掌心之間，像是忍著不讓自己崩潰似的。「這事兒絕不能讓家裡知道，我求求你、我只能求你幫忙了，柯爾克……和我去平原那兒找找，我相信項鍊一定落在那邊……」

「我去。」柯爾克立刻定下心，安撫般輕拍著白瑪的肩，小聲說道：「但要快去快回，否則被妳族人發現就糟了。」

白瑪頻頻點頭，這才終於收起了眼淚。他們偷偷上了馬，趁天色還未明亮之前，帶著火把離開了族裡。

柯爾克與白瑪迅速穿越森林，他望著眼前帶路的女孩背影，心中盡是緊張與激動的情緒，若不是他們還未熟識到能夠直言不諱的地步，白瑪這次糊塗的程度簡直討罵。

*再怎麼樣，那也是聘禮啊！或許一開始她就不該天天掛在身上！*他心底想著，然後悄悄嘆了口氣。也罷，這些事其實和他無關，雖然還有很多問題想問，但如今

事態急迫，柯爾克也只能盡快幫她解決這件事。

於是他們以最快的速度出了銀色森林，天色還陷入昏暗，他們停下馬匹，只能以絕望的表情看向眼前一片斷黑的平原。

「我們在這兒奔跑……不對，好像要再過去一點。」白瑪手中的火把揮來揮去，卻也只能照亮腳下的路。「我不確定，這該怎麼找……怎麼辦……」

「找不到也得找。白瑪，這可是妳的婚姻大事，現在我們也只能盡力了。」柯爾克捲起袖子，神情凝重地往另一頭走去。

「對不起、對不起……」

「沒事的，越快找到項鍊，我們就能越早回去，好嗎？」他盡力讓自己的聲音保持溫柔。

白瑪擦去淚水，用力點了點頭，高舉起火把走向平原深處。

接著他們無聲地在草原上來回搜索，就怕漏看了一處；但當天色越發明亮，他們的心情就越是心急如焚，因為除了凌亂的腳印以外，兩人幾乎沒能找到項鍊的蹤影。

「白瑪，有找到嗎？」

「沒……柯爾克呢？」

【參】走向山神

「沒有。妳們昨天還去了哪？」柯爾克擦去額間的汗水，疲憊地說著。

「去了很多地方……有湖邊、有山邊、還有以前常去的洞穴……」白瑪一手捧著臉頰，表情充滿困惑與混亂。「而且，我記不得項鍊是什麼時候掉的……本來還以為這裡找到項鍊的機會最多……」

柯爾克輕輕抽著氣，他看著遠方那道逐漸升起的陽光，再看了看眼前焦急不已的女孩，他開口，吐出來的聲音堅定無比。

「走吧，把妳們去過的每個地方都再搜一遍。」

「咦？」她驚愕地出聲。

「族裡……能拖點時間嗎？」

「姐姐說，她會盡量替我編個藉口，但我得快點找到，否則她也沒辦法了。」

「——好，帶路吧。把妳們昨天去過的地方，以最快的速度找一遍。」

柯爾克筆直走向馬匹，抓起了韁繩。他們已經連猶豫的時間也沒有，等白瑪準備好以後，她夾緊馬腹，像風一樣地飛馳出去。

——**希望這不要是山神的玩笑啊**。柯爾克駕馬奔馳時，滿腦子盡是這個念頭。

【肆】失去珍珠的新娘

【肆】失去珍珠的新娘

柯爾克難得地與白瑪再次獨處。照理來說，他很少有這樣的機會。猶記得第一次與白瑪獨自出來時，是剛好金央臨時肚子疼，於是白瑪獨自帶著柯爾克狩獵，他親眼看見白瑪站在馬兒背上，射中一隻遠方翱翔的鷹。

白瑪不常在他面前騎馬，但只要上了馬，她的眼神就不再溫柔可親，而是聚精會神地眺望遠方，雙唇抿成一條線，眼底閃爍著專注的光芒，有如動作精準的獵手。

此刻，她駕馬的姿態也是如此氣勢逼人，完全沒有往常那溫吞的樣——如果不是為了找回項鍊，他的目光肯定無法自那近乎高貴的姿態上移開——就連這樣的念頭，在柯爾克心中也只是一閃即逝，因為他們已經找了兩處，卻也沒見到項鍊的影子。這下子，他們的情緒越加低迷，也很難再去思考其他念頭了。

他們沿著森林邊境繞到一座小丘，然後又到了一處放牧地，接著，來到離芽族有些距離的大湖，這幾天剛下過雨，湖水的面積也大了不少，柯爾克看著那片澄澈的湖面，還來不及欣賞，便聽見白瑪呼喝勒馬的聲音。

她嚴肅的神態立刻柔軟下來，化為狂烈的焦急跳下馬匹，身子矯捷地跑向湖邊。

「這是最後一處了嗎？」柯爾克勉強扯著韁繩讓馬停下來。

只見白瑪不停張望，身上的五色珠子隨著身軀轉動，白裙也飛揚起來。「對……」她喃喃說道：「湖邊逛完後，我們沒逗留太久，就回家了。可是……沒看見……」

柯爾克抬頭看著漸漸爬過頭頂的太陽，緊繃的情緒升到高點，心臟緩不住地狂跳。

他連忙跳下馬，來到白瑪身旁。

「水位——果然升高了。」她說。

柯爾克聞言也抬起腳，果然泥土還有些濕軟，或許昨夜湖邊正好又下了雨，把她們經過的地方也淹沒了。

「所以確定是這一帶？」

「整個、整個淹沒了……我……我得仔細看看。」白瑪輕輕吸口氣，往前走了幾步。

「白瑪！」柯爾克連忙伸手拉住她的臂膀，語氣也有些急促。「做什麼？妳別下去，如果身體弄髒了，回去怎麼來得及梳妝？」

「啊！」她恍然大悟。

他搖搖頭，將白瑪拉了回來，沉聲說道：「我來，妳往後退點。」

「柯爾克？」

他沒有回聲，只是靜靜地解下纏繞在頭上的長巾，一邊解開黑色外袍的鈕扣；雖然陽光明亮，卻還是帶著些許寒意，他忍著不打哆嗦，以最快的速度脫下袍子，

【肆】失去珍珠的新娘

露出白色的長袖內襯。

白瑪發出驚訝的嗚咽，立刻害羞地遮起雙眼，直到他將上衣也退去，露出麥色的胸膛，雖然柯爾克的骨架並不如芽族人寬闊，但身材仍算精實；她看著他修長的線條，以及面著湖光的背影，白瑪捧著發燙的臉頰，嘴裡發出咿咿呀呀的聲音，卻說不出半句話來。

「你、你你你，你知道怎麼在水裡呼吸嗎——」她好不容易拼湊出這句話，才發現自己根本是多問了。只見柯爾克緩緩走進湖裡，調整起呼吸，然後雙手向前一撥，整個人便毫無聲息地沉進水中。

【肆】失去珍珠的新娘

她訝異到闔不上嘴，有那麼一刻，世界就像是靜止無聲的。白瑪凝神緊盯湖面的同時，差點懷疑柯爾克是否不會再出現了，這樣的念頭讓她渾身發顫，甚至忘記了項鍊的事。

「哈啊！」水面忽然一陣波動，接著柯爾克的頭猛然衝出，他喘著大氣，背著白瑪撥開臉上的髮絲。

「你還好嗎？」她連忙驚叫起來。

「唔……」他沒有回應，又深吸一口氣潛進水中，就這樣反覆了好幾次。

直到第五次浮出水面，他臉上疲累的神態已顯而易見，嘴唇也有些發紫，但柯爾克仍在水中留戀，遲遲不肯上岸的樣子。白瑪光看著那模樣，自己也快要停止了聲息，她連忙跺腳，朝柯爾克大聲么喝起來。

「上來吧！水太冰了，你撐不了那麼久的！」

他側頭過來，才在白瑪的呼喚聲中爬回岸邊，她立刻脫下自己的外衣當作布巾，披在柯爾克身上。「你的臉色……」她啞聲說著，看著他在衣服底下隱忍著顫抖的身軀。

「這湖比我以為的更冷，不過沒關係，等等我再下水找。」柯爾克盤腿坐在地上，顧不得身上的衣物被泥土弄髒，他疲憊地抓緊衣服，磨擦自己的胸口。

「不用了……已經……不要了。」白瑪垂下頭來，淚水也在眼角打轉。「是我不好……我弄丟了項鍊，還拖累你……」

他仔細端詳蹲在身邊的女孩，她緊靠著柯爾克的肩膀，伸手替他擦去背上的水珠，臉上盡是愧歉與悲傷的表情。那被風吹亂的黑髮，遮起她半邊潔白的臉龐，以及她垂下的長長睫毛，他抵起蒼白的雙唇，動作輕柔地拉開她貼在身上的手。

「要回去嗎？還是要再四處找找？」他細聲問。

白瑪沒有抬起頭來，淚水卻也再也止不住地落下，意外地，比起她以前戴在胸前的珍珠項鍊，那連串的淚珠更為動人而閃耀，也更難令人移開目光。

「……我不敢回去。」她啜泣起來，就連聲音也像斷落的淚水般破碎。

「白瑪，妳不可能在外頭躲一輩子。」

「那怎麼辦……怎麼辦……」她將身子彎得更低，渾身顫抖得厲害，「我不能空手而回，那可是聘禮啊……挨阿帕的揍就罷了，夫家……夫家的人又會怎麼看待我？」

柯爾克蹙起眉來，同樣替她憂心；新娘還未過門就先搞丟了聘禮，這種事就連他也是頭一遭聽聞，嚴重點的話，不只家族蒙羞，可能會讓白瑪再也結不了婚。

——然後，讓這個女孩再也無法展開笑顏，一輩子抱著愧疚生活下去嗎？

【肆】失去珍珠的新娘

他感覺身體刺痛著，一想到那畫面就讓他喘不過氣來。

「白瑪，聽好……」他遮起那隱隱作疼的胸口，試圖喚回她的注意力。「還記得我在濕瓦山上許了什麼願嗎？我說過，要替妳許下願望，讓妳成為幸福的新娘。」

他遲疑了會兒，然後對白瑪撒了謊。

白瑪也緩緩止住哭聲，一邊抽著鼻子凝神聽他說話。

柯爾克嚥下口水，縱使心中很不願這麼做，但此時似乎也沒有別的法子了。

「神靈沒有吹斷我的旗幟，所以，祂想必是允諾了。」他繼續說著，直到白瑪終於抬起頭，眼神有如期待從他口中聽見一絲希望。「我們回去，好好向妳阿帕道歉，我相信大家都會原諒妳的。妳是命中註定成為新嫁娘，所以，事情最後也絕對會圓滿。」

「……真的麼？」她的眼神游移，不大確定是否該相信柯爾克的說法。「確實，我的祈福旗也沒有壞。可是……柯爾克，你能陪我一起向阿帕解釋麼？」

他點點頭。

「我會陪著妳的。」

白瑪的肩頭鬆了下來，才終於也跟著點頭，她以手拭去淚水，總算擠出一抹微笑。

「太好了……金央說要你陪著我找項鍊，果然是對的。」她破涕為笑，迎上柯爾克微微驚愕的眼神。

「是金央要妳來找我的？」

「是呀，怎麼？」

柯爾克的表情僵止了。

他回想起金央最近奇怪的舉止，以及對柯爾克說過的那句「我也該為自己打算」……話說回來，那又是什麼意思？為什麼每次聽見白瑪的婚事，金央就臉色驟變？

他一手遮起嘴角，別過頭，以凝重的模樣瞪著那片湖，才咬牙說道：「——糟了。」

白瑪驚嚇地看著那瞬間丕變的憤怒模樣。

「柯、柯爾克……？」

「妳知道金央在山上許了什麼願嗎？」柯爾克連忙整好自己的衣服，急促地站了起來。

「什麼？這——我記得——她問山神，她值不值得嫁給最好的夫婿……她和我說，山神同意、呀啊——」

【肆】失去珍珠的新娘

白瑪還沒說完，便被柯爾克猛然拉起身子，他用力扣住她的手，將她帶向馬兒旁。

他咬著牙，麥色的肌膚下明顯可見他濃密的睫毛輕輕顫抖，黑色的眉毛緊皺在一起，一絲冰冷的憤怒自他眼底迸發出來。

——他們都被玩弄了。

可是，真傻，他怎麼沒有發現呢？如果早點冷靜下來，他應該早就該察覺了才是！

「究竟怎回事？柯爾克？」白瑪慌亂地想掙脫他的手，「我們要去哪？」

他回過頭來，鬆開手，以沈重的口吻說道：「白瑪，以最快的速度回家去，我知道項鍊在哪裡了。」

「什麼！在哪？」她叫了起來。

他冒出一滴冷汗，才發現原來他自己也不願承認接下來要說的話。

「妳被金央給騙了。她搶了妳的婚。」

「啊！」她的嗓音又尖又顫，「不可能！這沒有道理，你、你別胡說——」

「快走！」

他顧不得形象地大吼起來，讓白瑪嚇得抽了氣，就這麼被他動作胡亂地牽上馬。

接著，他們以最快的速度回到部族裡頭，他們還未下馬，入口便已引來一批圍觀的好奇婦女們，對白瑪露出驚異的神色。

「金央？」其中一名女人定神看清容貌後，立刻高叫出聲。「不——不得了，是白瑪！怎會是白瑪回來？這是怎回事！」

「阿媽！」白瑪焦急到要流下淚來。「嫁車呢？阿帕呢？」

白瑪俐落跳下馬兒，不理會她們的連連驚呼，直到她的阿媽聽見風聲衝了出來，阿媽望著柯爾克、又望向白瑪，才終於意識到出了什麼事。她憤怒地揪起白瑪的衣領，失控嘶吼起來：「男人們都隨著妳的嫁車走了！妳怎麼還這副打扮？妳穿成這身是做什麼？」

「我找不到項鍊，阿媽！」白瑪聲淚俱下，慌張的語氣惹來眾人議論紛紛。

「渾話！早上才好好戴在身上的……啊！」阿媽抬起頭來，忽然齜牙裂嘴地瞪向柯爾克。「把這傢伙抓起來，別讓他逃了！等男人們全回來，我要帕卓好好審問這小子！」

「好，抓起來，看帕卓怎麼教訓他！」其他婦人們立刻連成一氣，紛紛撲向措手不及的柯爾克，用手中的掃帚或棍棒把他壓倒在地上。

「阿媽，別，他是無辜的——」白瑪張大嘴，轉身想阻止那些撲向柯爾克的婦

【肆】失去珍珠的新娘

人們，卻被阿媽迅速抓住衣領，狠狠摑了一耳光。「啊！」她跌到一旁，但阿媽還不放過她，揪著她的耳，朝她發出尖銳的怒吼。

「孤男寡女在婚嫁日當天失蹤，怎麼可能無辜！妳……進來！快進來！」阿媽顫抖地說著，將白瑪抓回自家的帳篷內。

其他女人將柯爾克綁了起來，雖然還不明白發生了什麼，但所有人都認定他做了什麼骯髒事，她們一邊出聲指責、綑綁的過程中不時拳打腳踢，然後才將他送往帕卓的主帳篷內。

不久後，太陽開始西斜，草原像是熟成的果實般橘中帶紅，理應是女人們繼續慶祝的時刻，婚嫁的喜悅卻在部族裡一掃而空……

「見鬼了，媽的，簡直見鬼！」

帕卓的吼聲在整座帳篷內震盪。

隔天中午，男人酒酣耳熱地高歌回來了，就像往常的婚禮一樣，男人們接受款待，並回家準備休息；帕卓一邊喝酒一邊騎著馬，就連回來時腳步也是醉晃晃地，然而在聽見白瑪的事後，帕卓的醉意被嚇跑了大半。

他在帳篷內踱步，不時瞪著坐在角落的柯爾克、啜泣的江央、以及德吉梅朵。當然，還有幾個默不作聲，卻等著看戲的老友們。整座帳篷內，只有德吉梅朵的神情一派輕鬆，她咬著煙斗，悠哉地靠著軟墊坐在地毯上。

「我耳朵還聽得見呢，你真當我老啦？帕卓？」

「阿媽，我不是……但妳瞧，事情怎麼會變成這樣！金央偷了白瑪的項鍊，然後自己上了嫁車？她搞什麼！」帕卓用力擊掌，雙眼睜得渾圓，「還有，妳們這些女人是怎麼搞的？為什麼沒第一時間派人來通知！」

「馬兒都被你們騎去了，再說、金央若真的嫁過去，我們哪來得及阻止？」白瑪的母親拚命擦著淚，止不住地垂頭啜泣。

「所以就這麼給她成了？親姐姐搶了自己妹妹的丈夫？昨兒個慶典上，她大概還在馬車裡笑話我們呢！這像樣麼！」帕卓吼著，整個脖子跟臉都粗紅起來，卻只是讓他的妻子哭得更厲害了。

「夠啦。說這麼多，到底誰能戴上珍珠項鍊，誰就是真新娘。金央會把事情搞成這樣，帕卓，你也有責任。」德吉梅朵吐著煙花，在一旁悠悠說道。

「我——我做錯了什麼？」

【肆】失去珍珠的新娘

「你一心偏愛白瑪，這事兒誰都曉得；我早說要讓金央也找個一樣好的夫婿，你面子拉不住，不聽麼，也不敢向有錢人家提，淨找些不三不四的對象，逼得她搶婚，不怪你怪誰呀？」

「阿媽……話不是這樣說……有錢人難尋啊……」在德吉梅朵面前，帕卓好像突然矮了一截，就連站著身子也勝不過梅朵的氣勢。

「那就沒啥好說的了，你只會在這裡吼也沒用。」德吉梅朵輕輕招手，喚來白瑪的母親，用蒼老的古銅色手掌揉著她的頭髮。「江央，妳去找朗剛，叫他再去一趟丹巴的家，問丹巴願不願意把金央帶回來。其他的訊息別透露太多。」

「是，阿媽。」她抹去淚水，吸著鼻子走出帳篷。

而帕卓雙手交疊在胸前，失去主導權的他只能焦急地跺著腳。

「那柯爾克呢？柯爾克又是怎麼回事？」他悶聲問。

眾人立刻將視線集中在柯爾克身上，彷彿早就想談論他似的——柯爾克仍跪坐在地，雖然昨天被女人們毆打，但傷勢似乎並不嚴重，都只是些皮肉傷——男人回來後，他被眾人押來見德吉梅朵，當然也在梅朵的指示下鬆綁了。

「我才想問呢，你不是說要把金央配給他？」梅朵指著柯爾克，讓他驚訝一顫。

「什麼？」柯爾克身子險些要跳起來。

「我——我先前是說笑的，沒認真！阿媽妳別亂說！」帕卓尷尬地低吼。

「是嘛。總之，昨夜江央替白瑪驗身了，什麼問題也沒有。也就是說，這全是金央一手策劃的，只是這個外族人剛好被利用罷了。」梅朵繼續說著，那冷靜的態度著實讓柯爾克驚嚇不已。這個叫作德吉梅朵的婆婆，理智得讓人心生畏懼。

「那娃子！不行，我得跟朗剛去一趟，不親自去把金央揍一頓，我嚥不下這口氣！」

「夠了。親姐姐搶走妹妹的對象，在我們家族裡也不是頭一遭了。」梅朵嘆了口氣，尖酸的話語隨著煙霧吐出。「老鼠的孩子會打洞啊……金央這孩子大概也像拉姆達瓦吧。」

眾人沉默下來，心裡想的大概也是同一件事。「……金央明明是像妳唄。」不知道是誰悄悄說了這句話，但沒有人敢接應。

而梅朵則在煙霧中躺下身子，喃喃低吟著：「依我看來，比起金央，你還是先煩惱白瑪今後的打算吧。」

「有甚麼好煩？等朗剛把金央帶回來，就能讓白瑪過去了。」帕卓不死心地說。

梅朵沒有回應，反而輕笑出聲。

柯爾克看著這一幕，他也聽出帕卓只是逞強，事情絕對沒那麼簡單。更何況，

【肆】失去珍珠的新娘

芽族並不是沒有這種例子，只是通常是男人去搶妻，沒人遇過一個女人竟會為了有錢的丈夫，爭到這等地步。

金央若非算好一切，怎麼可能有這膽子實行？早從她下山回來之後，就在策劃這些事了吧。

當討論結束後，柯爾克隨著帕卓走出帳篷，冷風依然無情撲來，但他也已習慣這裡的氣候，早上是烈陽、下午是狂風，晚上又是極冷。就像白瑪家的婚事，竟能在這一夕之間變了調。他不禁感到唏噓。

「抱歉，柯爾克……打傷你了。」帕卓抓著鬍鬚，尷尬地想找回自己的男性氣魄。「但你下次別再聽信……唉，算了。這也不該怪你。反倒是我們家讓你看笑話了。」

「誤會解開就好。」柯爾克搖搖頭。

「再待個幾天吧，嗯，好歹，讓我確保你傷勢都好了，我再送你下山。怎麼樣？」

突然，他的大手摟住柯爾克的肩膀，為了掩飾自己的不安，他的表現顯得特別親暱。

然而柯爾克的眼神卻越過帕卓，落在不遠處，白瑪孤伶伶的身影上。

——戴著珍珠項鍊的新娘才是真正的新娘。

他想起金央曾經說過的話，這才感到一絲涼意。

山神啊，這風也吹得太大了。

事後，柯爾克又待了一個多星期。一來是拒絕不了帕卓的好意，二來是他也對接下來的發展十分在意——畢竟梅朵派出去的人，全都空手而返，因為丹巴拒絕將金央送回來。

「金央都同我說了。雖然我知道她並不是原本的新娘，可我中意她；她做事能幹、體力也好、我們一見這姑娘就都很喜歡。」

這樣說著的丹巴，拒絕任何來自帕卓家的道歉，也拒絕讓他們看金央一眼；爭論到最後，甚至變成送錯新娘的帕卓家講到理虧了，才只好狼狽地回來。

起初帕卓只覺得荒唐，但隨著日子一天天過去，金央的婚事也漸漸被族人接受了，就連帕卓也無可奈何，只能正式宣告金央婚事已定，重新再替白瑪求親。

而白瑪什麼也沒說。

事情發生到現在，柯爾克從來沒聽見她抱怨金央一句，也不見她再哭過，只是偶爾，夕陽西下時，她都會獨自站在果園裡、獨自在庭園刺繡、或是獨自在草原騎著馬奔跑，孤寂將她的影子拉得極長，與火紅大地融成了黑。

【肆】失去珍珠的新娘

——只要白瑪不說，自然也沒人敢問。

一星期飛快過去，就快到了告別芽族的時刻，柯爾克獨自騎馬在平原遊蕩，或許是想再記下這片高原的景色，他沿著以往踏過的地方，仔細再逛一次，想將這裡的回憶牢牢記下；當他來到採收髮草的山腳時，正好看見白瑪的馬匹也停在這裡。

他拉緊毛皮衣，走向白瑪的馬兒旁，看見她蹲在石縫旁，專注地盯著瞧。

「妳在找什麼？」他吐著白霧問道。

「找這個，你瞧。」白瑪咧開嘴，指著石縫上的花。

那是一朵白到透明的花，最外層是綠色的葉片，層層透明的白花瓣像是長了絨毛，將花心柔軟地包覆其中，根莖直挺地向下延伸，藏在石縫裡。

「白蓮花？」柯爾克問。

「對，總算讓你見到了，白蓮花拿來當藥材也很有用的。」白瑪伸手摘下白蓮，小心翼翼地收起。「聽說山頂還有一種藍蓮花，能讓樹芽重新變回人。但我從來沒見過。」

柯爾克點點頭，才想起自己似乎還沒見過白蓮花。

當白瑪採收完白蓮之後，才好奇地問：「對了，你怎麼會到這兒來？」

「我要準備下山了，想說再四處看一下。」

「好快，真想讓你再多留會兒。」白瑪靦腆地笑著，「上次找項鍊的事兒……謝謝你。每次我想跟你道謝，正好都沒機會聊天呢。」

「沒關係，」他語氣一頓，不知道該接什麼話好，於是匆匆說了句：「妳沒事就好。」

但白瑪聽了，反而笑容漸斂，與他錯身走向馬兒旁。

「平常總是跟金央一起玩、一起做事、一起騎馬。突然她不在身旁，的確也挺寂寞的，所以我在想……是我太依賴金央了吧，她說不定也嫌我煩了。」她跳上馬背，溫柔地拍拍馬兒的頭。「如果那天出嫁的是我，她會寂寞嗎？如果會的話，讓她先走也好。」

他完全看不出來白瑪此刻是什麼情緒，所以決定保持沉默。

她蒼白的臉頰透著紅潤，那身白衣與飄散的黑髮形成強烈對比，像雪山的鮮明紋路，刻在柯爾克的眼眸裡；他揪著衣領，感覺胸口一熱，彷彿一道火苗在裡頭燃燒。

「回去唄。」白瑪騎著馬在他身旁繞了一圈，他也點點頭，兩人並肩踏上歸途，離開寒冷的雪山山腳，回到灰色的平原處。

或許是這一路上太過沉默，白瑪忍不住笑著出聲：「真奇怪，你今天似乎特別少話。」

「嗯。」他別過頭，低聲應著。

「之後有什麼打算呢？」

「首先回到波玉，處理帕卓的事，再去見個朋友，接著就看要去哪裡吧。」

「會去很多地方？」

「嗯。可能去森林，也可能去海邊，總之，就像以前一樣四處旅行。」

「真羨慕啊，聽金央講了那麼多次，我也稍微有些興趣了——每次提到外頭的世界，她就興奮地雙眼發亮。」白瑪嘻嘻笑著，停下來望著那片無邊無際的草原。

「所以，我一直以為，她想跟著你走。」

這句話又是重擊了柯爾克的胸口，他抿起唇，異樣的情緒在體內湧起，直逼喉際。

「不，她並不喜歡我。」

「我看出來了。有沒有可能，是因為她早就喜歡上丹巴？就在她見過丹巴之後？」

「或許吧。她……」

「——她大可早點告訴我的呀。」

白瑪顫抖地說出這句話，讓柯爾克的聲音又吞了回去。

【肆】失去珍珠的新娘

他看見白瑪彎起身，淚珠在髮絲間閃落，柯爾克才終於明白，為什麼白瑪在家裡的時候從來不哭。

每天下午，她都騎著馬來到她們一起玩耍的地方，白瑪會哼歌、採藥、奔跑、然後落淚，在孤孑一人的地方釋放悲傷。她並不恨金央，她只是無法理解。

「白瑪……」

「她如果想嫁給丹巴，她真的可以說的……為什麼……」她泣不成聲地哭著，聲音聽來痛苦萬分。「為什麼……不先跟我商量呢……現在變成這樣，我該怎麼辦……」

柯爾克安靜的聽著，一樣感覺難受。

就在此刻，他也總算明白了自己的心情。

就像在雪山內走了漫漫長路，卻總是看不清前方的路會指向哪裡，直到站在高臺上，那股豁然開朗的感覺才讓自己澄澈起來，透過眼前的遼闊，柯爾克竟又覺得更加瞭解自己一分，腳下也踩得踏實。

他對白瑪的隱忍的情感，或許也一直是這樣吧。或許金央早就看出來了。

在那綿延不絕的山峰前，白瑪就站在那兒，輕易奪走他的目光；那身純白的衣裙和深夜般的黑髮，每一次擺動都牽引著他的魂魄，讓他怦然心動。波玉人說芽族人是高原的精靈，他無法否認，白瑪的腳步能踏出大地的呼吸、手能指出風、笑容像湖水般柔軟、姿態像野草不屈不亢——高原的一切美好與樸實，都在她身上體現了。她就是芽族人的一切。

他並不是捨不得離開芽族，而是捨不得離開她。

過了一會兒，白瑪才收起淚水，以袖口擦去臉上的淚痕，她硬是擠出一抹笑容，輕輕提起韁繩。

「抱歉，忍不住……沒事了。我們走吧，否則怕阿媽又要問。」

柯爾克卻突然開口：「白瑪，有件事情我想向妳道歉。」

「什麼？」她轉過頭來。

「我說我祈求妳婚事順利，是騙人的。」

「這樣……也沒關係呀，結婚畢竟是我自己的事兒。」

柯爾克勾起溫和的眼角，直接了當地說道：「我想每天都見到妳。這才是真正的願望。」

白瑪沉默下來，她嘴唇微張，勒馬停在原處，與柯爾克對上雙眼。他一身黑衣，眼眸卻黑得發亮，像耀石般閃爍著光芒，牽動她的情緒。

【肆】失去珍珠的新娘

好幾次，白瑪都見過那樣的眼神，但她一直不以為意，以為是自己的錯覺——畢竟，柯爾克對任何人都很溫柔。她從不認為自己是特別的。

「我……我不懂。」

「如果妳怕沒人提親的話，我可以娶妳。」

「啊！」

「我不知道自己是否有條件說出這樣的話，但是，我是認真的希望妳考慮。」

她驚訝地與那對溫柔的眼神對視，深遂臉龐找不到半點戲弄的情緒。

「請——請等一下——」白瑪頓時紅透了臉，她僵著身體，險些從馬兒身上滑落，「這……這太、這……不……」

「很唐突嗎？」他微笑。

她張著嘴，先是睜著大眼看向柯爾克，口中吐不出半點完整的聲音，然後她遮起臉，發出一連串的嗚咽，才僵硬地抓緊手中的韁繩。

「……嗯……這是、太突然了，我不明白。」

「是從上山之後開始的。從那時候起，我就確定了我的心意——我原以為替妳找到項鍊後，就能讓自己拋棄這種念頭，結果卻——抱歉，白瑪，我原本不打算說這些的。」

「……那為什麼，還要說出來？」

白瑪捏緊轠繩，心情複雜地糾結成團，悶在胸口不斷跳動。眼前的男人抿了抿唇，才說道：「因為，已經不是再見一面就能忍受的了。如果只是看著，等另一個男人來帶走妳，我肯定做不來——和妳一起找珍珠項鍊這種事，已經不想再發生一次了。」

「別、別說得好像我會一直弄掉似的……何況我沒想過，和柯爾克你……這種事……」

白瑪將長髮撈到耳後，掌心貼著發燙的耳根子，垂下頭不敢望他。

「這樣啊，我以為如果沒有半點喜歡，妳是不會在我面前流淚的。或者靠在我的肩上，求我陪著妳去解釋項鍊弄丟的事。甚至，求阿帕帶我一起爬山，那又是為了什麼呢？」

「呀！等等，這也太狡猾了，那是、我那是為了……唔。」

「為了？」

面對柯爾克的提問，她雙手貼著臉頰，腦袋混亂地攪成一團，完全無法思考。

「我——我不曉得。你這樣問很奇怪。」

「那麼，就當作剛才那些話是風聲吧，我不會再提了。」

【肆】失去珍珠的新娘

「不，這樣也……很狡猾呀……為什麼，你偏偏要在這時候說呢……」

「或許因為我終究是波玉人吧。」柯爾克垂著眼簾，眼中浮現一抹讓人猜不透的情緒。「雖然我試著像你們那樣直率地生活，但果然還是辦不到。如果不是沒有把握的話，我今天肯定也說不出口的。」

「……你這樣……怎麼能讓我相信……」

「直接地說就行了嗎？那麼，我喜歡妳，白瑪。請妳相信這點就行了。」

「嗚！你——」

白瑪羞紅著臉，卻又忍不住落下淚來，纖細的雙肩顫抖著，嘴裡不斷喃喃說著「狡猾」之類的字眼，接著，她咬著紅唇用力扭頭，伸腳夾緊馬腹，一溜煙地跑回聚落了。

看見那反應，柯爾克並沒有迅速追上去，而是抱著絞痛的腹部，將頭靠在馬兒身上發出長嘆。從他脫口道歉開始，整件事情都變得不對勁了，彷彿某股陌生的意志推動著他，逼他將那些話順著風雪，一股腦地傾訴出來。

——明明打算一口氣離開這裡的。

「真是，丟臉啊……」

他痛苦地閉上眼，感受自山峰溜來的寒風，颯刺刺地吹著他的身子向遠方去。

當柯爾克回到部族內時，帕卓家的人老早在營帳內等著他，臉上寫滿不可思議的表情。

柯爾克想也知道發生了什麼——唯一讓他意外的是，他以為白瑪會裝作沒聽見那些話，就這麼不告訴任何人，任由自己離開芽族。

「見鬼了，媽的，簡直見鬼！」

帕卓的吼聲再次在整座帳篷內震盪。

如今，所有人卻都知曉柯爾克想迎娶白瑪這件事，除了帕卓、梅朵、還有白瑪的姐妹與阿媽江央，他們坐在營帳裡圍成一圈，支支吾吾的，不知道該說些什麼好。

「他不是要娶金央麼？」梅朵吐著煙圈，一臉困惑地問。

「阿媽……金央已經嫁啦！」

「對喔，我真糊塗了。」

「別岔開話，阿媽！柯爾克，現在看著我，我問你……你真心想娶白瑪？」

柯爾克一愣。「可以嗎？」

【肆】失去珍珠的新娘

「你擺那表情作啥？我又沒說同意，這只是在問你話！只是假設！先回答我的問題！」

「是。我是真心想娶。」

「好。好，你想娶。那你——呃、可是你——」帕卓啞著聲音，像是在煩惱該怎麼說才好。「你你你先前不是說了，不娶妻麼？」

「是呀，難道你早就看上我們家白瑪？」江央也露出尷尬的表情。

「不，我是到今天才確定的。」他不急不徐地說。「會向白瑪求婚，的確是出自衝動。」

江央掩起嘴。「這……」

「這算什麼呀這！這——柯爾克，我的好兄弟哇，你若不是喜歡我們家白瑪，那這又是為甚麼？不行啊，我無法接受！何況，你沒聘禮的吧？你也……你也出不起吧？」帕卓滿頭大汗，像似完全無法理解柯爾克的舉動。

「目前確實是出不起，很抱歉。」柯爾克苦笑起來。

「所以這他媽到底……」

「閉嘴，帕卓。其他人出去，帕卓和江央留下。」梅朵忽然將煙斗指向眾人，神情恢復往常的銳利，直到其他人都出去以後，她才悠悠望向柯爾克。「好了，把事情解釋清楚點，年輕人。你想說什麼？」

柯爾克先是對梅朵的語氣吃了一驚，然後才挺起胸膛，以沉穩的語氣說道：

「帕卓，你瞭解我族的神契，凡是和我族結婚的女子，永遠只產得下一胎；因此我的族人分成兩邊，一邊希望前往波玉定居，一邊則是寧可保留血脈而死，留在人口越發稀少的村裡。」

「這我早知道了。」帕卓忍著不耐，一邊敲著手指應聲。

「母親希望我別被血脈束縛，盡快娶妻定居，但我無法這麼想，反而更希望能像其他村人一樣，抱著身為族人的尊嚴，孤獨老死也無妨，所以，在感情上我自認一向自制，既不親近任何女性，也不接受任何女性示好。」

說到這裡，柯爾克微微垂頭，沉默了幾秒後，才又重新望向帕卓，以堅定的口吻說道：「一直以來，我都無法明白喜歡一個人的感覺，但你若問是什麼原因使我衝動求婚，甚至不惜坐在這裡向各位說明原委——除了喜歡白瑪以外，我想也沒有別的可能了。」

然後他嘴角微揚，竟是一副釋然平靜的模樣。

「這、還真是……」

「唉呀……」

【肆】失去珍珠的新娘

江央漸漸羞紅了臉，在他的微笑下不發一語，就連帕卓也用力眨著眼，舌頭像打結般說不出話來。

「原來如此，年輕人，你這是趁虛而入啊。」梅朵忽然露齒而笑，眼底帶著挑釁。「算準族裡男人條件不及你，論賺錢也是你更有機會，你才說出這番話讓白瑪明白。為了不讓帕卓在家裡丟臉，她肯定是會跟著你走罷。」

「什麼——柯爾克，你真是這麼打算的麼！」帕卓漲紅臉，咬牙想往他臉上揍去，手背卻被梅朵用煙斗敲了一記。

「安靜。蠢兒子，沒見我還在問話？」

「阿媽……！」帕卓的聲音帶著微微委曲，但還是勉強收聲。那極端的落差感簡直令人發噱。

「梅朵婆婆，妳說的那些並不是我最有把握的部份，我要談的是與帕卓的藥草合作。」

「確實，中止交易對大家都是重傷。不過對你而言，這可是最划不來的要脅啊。」

「划不來才好吧，豈不是證明我的決心？」

柯爾克抿著唇，與德吉梅朵直視了好一陣子。

然後，梅朵低哼幾聲，緊接著發出大笑。

「我明白了，你並不是想傷害我孩子的狡猾傢伙，雖然精明到挺惹人嫌就是。嗯，又或許生意人談事情就是如此吧。」

他吐著氣，說道：「謝謝婆婆諒解。」

「喂，你們到底在說什麼，我怎麼還沒聽懂？」

「蠢兒子，連自己差點丟了筆大生意都不曉得！」梅朵又是大笑幾聲，才甩甩手說：「剩下的事情你們決定吧，至於我想聽的，也都已經聽見了。已經夠了。」

「可是柯爾克……明明沒有聘禮，卻還敢提出這個要求嗎？」帕卓咬著牙問。

「如果給我一個月的時間，我也能拿出珍珠來。但是現在手邊沒有，就只是如此。」柯爾克苦笑一聲，接著道：「畢竟，我也沒想到自己會有需要珍珠的一天。」

聽見這篤定的回答，帕卓連忙驚慌地看向妻子，卻見江央羞紅著臉，以衣角遮起自己半張臉。「看來他是真心的呢。」她嬌聲說。

「瘋啦，這簡直荒唐！」

「帕卓呀，白瑪會主動跟江央提及這件事，想必丫頭對這男人也頗有好感吧。既然有好感，那也沒啥好討論的了。」梅朵吐著煙，一臉事不關己的模樣。

「阿媽！不能因為妳是我們家裡最大的，就胡亂作主啊！」帕卓再也受不了地吼了起來，身上的珠子也跟著劇烈晃動。「金央的事也就罷了，白瑪才十四歲，還有

【肆】失去珍珠的新娘

幾年時間再找，到時……到時還有更好的選擇吧！」

柯爾克也看向梅朵，驚訝地發現梅朵眼角餘光瞥了他一眼，嘴角掛著奇異的微笑——事後柯爾克再回想起來，開始懷疑梅朵是否早已想好了這一切——因為在看了他一眼之後，梅朵伴隨著煙圈吐出的話語，讓所有人都嚇得鴉雀無聲，甚至，讓這整件事情再也沒有轉圜的餘地。

「白瑪或許有時間，但我可沒時間等你，帕卓。」德吉梅朵咧開嘴，露出那一口白牙，爽朗說道：「因為我要成芽了。」

江央驚叫起來，柯爾克則是震撼地說不出話。

而帕卓自然沒有回應。

——他只是雙膝一軟，當場跪了下來。

因為德吉梅朵這一句話，讓整個家族都亂了手腳。

帳篷屋外象徵喜事的紅布條也急急撤下，換上綠色的布條，好讓所有族人知道這件事。

於是，在她宣告成芽的兩天之後，成芽儀式也隆重地舉行了。

一般來說，族裡若是有誰成芽，不出半天消息就會傳遍整個部族；然而梅朵在族中的地位並非一般，因此聚集在白瑪家門的人也特別地多，輪番進入帳篷內向梅朵獻淨土、獻純水，祝她成芽以後也能順利茁壯發芽。

等所有人都拜訪完畢後，時間已經來到下午，梅朵換上一身簡單的白衣，首飾也全數脫下，坐在帳篷中央靜待成芽。

「親屬們都到齊了嗎？」梅朵挺著身子正坐在眾人之間，扯開嗓子說道：「看來是都到了。除了金央……也罷，她大概趕不及了吧。」

「好了，德吉梅朵，躺好吧。」主持這場送別儀式的老祭者站在梅朵後方，輕咳一聲。祭者只比梅朵年輕些，他穿著一身燦黃的法袍，掛著鮮紅串珠，一手持著焚香與搖鈴，無奈地看著她。

「對啊，躺下吧，阿媽，哪有人自己主持成芽儀式的？」帕卓吸著鼻子，臉上寫滿困惑的表情；其他親戚也是如此，從沒見過一個即將成芽的人，還能如此精神奕奕地指揮儀式。

「莫拉……妳真的要成芽了麼？看起來不像呀。」一名不懂事的孩子插嘴。

【肆】失去珍珠的新娘

「是不是真要成芽，我自己清楚得很。好了，時間到了，開始吧。」她噴著鼻息，這才乖乖躺下來。

老祭者跪坐在梅朵身邊，點燃銀葉木製成的薰香，動作沉穩地將薰香盤點燃，然後走到帳篷屋的四角各繞一圈，再回到躺在中央的老者旁，將薰香在她的鼻尖、胸口、交疊的雙手上各繞了一圈。白色的袍子頻頻發出摩擦聲，除此之外寂靜無比。

眾人這才意識到，梅朵是真的要消失了，有的人吸著鼻子、有的人則忍著淚水，帕卓反而眼神恍惚，好像仍無法相信梅朵的離去。「阿媽，還有什麼要說的嗎？」他坐在梅朵右側，握緊梅朵的手。

「看來達瓦沒騙人，天頂上是真的有樹。上頭開滿了花朵，枝幹比岩山還要粗大，而且結了好多果。」梅朵靜靜開口，雙眼視線像是穿透了屋頂，直望向豔陽四射的天空。「白瑪呢？來，坐在我旁邊。」

「莫拉……」白瑪嚥下口水，淚水在眼角打轉。

「哭甚麼呢？再悲傷的事，終歸就只是如此；時間仍舊飛逝，世事仍舊無常，生活也仍舊得過呀。」老者溫柔地揚起嘴角。「只是這事兒……姐姐要我做的，我都盡力去做了。她要我嫁個好對象、要我子孫滿堂、要我連著她的份活著，現在我也將近百歲，也算是夠了。」

白瑪沒出聲，只是趕緊握住她枯槁而蠟黃的手。

「柯爾克在外頭嗎？」老者突然又將話題拉了回來。

「是。我們要他在外面等。」

梅朵閉上眼，像是在點頭。「如果他願意照族規來，妳就同他走吧。我有預感，你們的婚姻會遭受阻礙，但他起碼會是個好丈夫。就這樣唄，這是我最後能做的了。」

「梅朵！」幾個親戚同時叫出聲。

「阿媽，但對方是個外人……這真的好麼？」帕卓仍然猶豫出聲。

「外人也無所謂，自古以來男人成家、女人生育，互相愛戀是天地常理；正好，達瓦一直要我替她看看外頭的世界，把這份願望託付給白瑪，也許會更容易達成吧。」

帕卓白瑪漲紅了臉，激動地握緊老者的手。「莫拉放心！我每年都要回來，替妳澆水、替妳除雜草、跟妳分享外面世界的景色！」

「妳和金央一直都很乖巧，若能見證妳們的婚事，我也沒遺憾了。」梅朵微笑地看著將她雙手緊握的年輕女孩，澄澈的黑色瞳孔閃爍著光芒，然後把手抽了回來。「對了，我以為會忘記達瓦的模樣，不過現在見著她的臉，突然所有事又都想起來了……拉姆達瓦如果能挨過疾病的煎熬，或許也像妳這樣健康漂亮吧。」

帕卓白瑪的神色立刻沉了下來，她驚愕地捧著胸口，看著老者自己擺好姿勢。

【肆】失去珍珠的新娘

在那瞬間，原本精神極好的她悄悄吐了口氣，臉頰立刻失去血色，聲音也變得模糊沙啞，就連她所吐出的話語，族人們也幾乎聽不懂半句。

「——好了，別催呢，達瓦。我來了。」

那是白瑪努力豎起耳朵後，唯一清楚聽見的句子。

——接下來發生的事情迅速地讓她措手不及。

白瑪並不是第一次見到家人變成芽，但像這樣以極近的距離觀察老者身上的變化還是頭一遭。她跪坐在地的身子有些顫抖，但阿媽立刻抓住她的手，要她別太過驚慌。

老者因長久日曬的緣故，皮膚粗糙黝黑得有如樹皮，只見她的四肢在被褥中發出磨擦的聲響，身體像樹皮表面般綻裂粉碎，迅速化為褐黑的塵土。白瑪還想好好記住老者的面容，但梅朵最後一道吐息將土塵吹上空中，遮住她彎彎勾起的眼角。

德吉梅朵的身體就這麼粉碎，化為泥土、枯枝與一堆粉塵。

這過程發生得太迅速，白瑪用力咬著下唇，忍著不讓自己哭出聲；但一想到再也無法與眼前的親人談天、碰觸、或是製造更多回憶，她便無法抑制自己的哀傷，全身顫抖地啜泣著。

「白瑪，妳瞧……是新芽。」母親哭著摟住她的肩膀，要她看著被單上，一株在塵土與灰燼中緩緩伸展開來的嫩芽。

白瑪看著那株新芽，終於忍不住，撲進母親的懷裡發出嚎啕。

「德吉梅朵，如今您的『芽』已重獲新生──」老祭者搖著銅製的手鈴，將薰香盤舉了起來，「捻一神香，召喚林廓迷失的魂；再捻一神香，引導魂往雲霧裡去，最後捻一神香，祈佑樹芽茁壯，庇護您的兒孫不愁肚餓。」

他在芽的四周輕輕點了香灰，然後放下器具，將芽小心翼翼地伴著泥灰捧起，放在一旁家人早已備妥的土盆中。

帕卓白瑪看著那畫面，無法相信那株芽苗就是她的外婆。那樣的樹芽，還是德吉梅朵嗎？如果德吉梅朵去了幻境中的巨木，那留下來的枝芽又是什麼呢？只是遺留下來的祝福嗎？她心中不斷想著這些問題，卻又找不到一絲解答。

「一切儀式將完成，接下來觀察三個晝夜，直到芽苗適合移種到族園即可。」祭者整了整他的法袍，與在場的親屬行了個禮。

「媽的，就連走了也這麼乾脆。」帕卓抹去眼角的淚水說。

江央拍著帕卓的背，柔聲說：「你阿帕的樹旁還有位呢，將阿媽種在那兒吧。」

「接下來誰先守著第一晝？除了長子，還得再一個人來幫忙給芽水份呢。」

「我來吧。」江央舉起一只手，她身上的串珠也跟著發出輕響。然後她又轉頭

【肆】失去珍珠的新娘

看向白瑪。「白瑪，妳知道柯爾克在哪兒嗎？」

少女擦著淚水，啜泣回道：「大概在族園那兒等著……」

母親給她一個溫柔的擁抱，然後掛著淚珠輕輕推她一把。「快去，把妳莫拉的話一字不漏地轉達他，再帶著他回來見妳阿帕。聽明白麼？」

她點點頭，不敢怠慢動作，連忙提起裙角跑出帳篷外。

帳篷外正是豔陽天，碧藍的晴空美好得像是容不下一絲哀傷。她穿過聚集在帳篷四周的族人，禱祝與安慰的話語與她擦身而過；她簡單回應了那些前來幫忙的族人，提起腳步朝部族的聚落盡頭跑去。

她穿越搭在廣場與大路兩側的帳篷屋，以及那些掛在房屋之間的五色錦旗，終於來到一片被圍欄簡單圍起的樹園，這裡的樹與無根森林的銀花樹不同，開出來的是漂亮的綠葉，樹木有大有小，大多數的枝幹上頭結了飽滿的果實。

沒過多久，梅朵的芽也會種在這裡，成為過往逝者們的一份子。

她放慢速度推開圍籬的入口，看見柯爾克瘦長的身影就站在樹園中，抬頭仰望其中一株巨大的果樹。他聽見帕卓白瑪靠近的聲響，便轉過頭來，朝她拋出溫暖的微笑。

「妳的莫拉還好嗎？」

一提及這個話題，帕卓白瑪的心又隱隱作疼。「她順利變成芽了。」

他露出真切哀傷的眼神，輕聲說了句：「請節哀。不過這對你們族人來說，或許是件好事。」然後他又抬起頭，看著身旁的樹。「我一直在找妳家人的族木，不過我忘記在哪裡了。」

「要、要再左邊點。這裡。」她吸著鼻子指向左邊的方向。

「族木才能結出可以食用的果子啊，簡直就是珍貴的賜福呢。」柯爾克感嘆地說著。

「呀，沒這麼厲害啦。不過這些樹，確實可以讓我們感受到先祖的魂魄，彷彿他們還在這裡守著我們一樣。」帕卓白瑪乾笑起來，低下頭不敢看他。「我其實……很喜歡這種感覺。只是以後就沒辦法，嗯，常常來族園了。」

柯爾克側過頭，看著眼前略矮於自己的可愛少女，試著推敲她話語中的涵義。

「家人同意妳離開了？」

帕卓白瑪緊張地握著手，腳跟在土上來回磨擦出痕跡。「嗯。他們……他們說可以……但是得照……照族規來……」

男子思索了一陣，以平靜的語調說著：「也就是說——必需締結婚約對吧。」

她咬唇不語，臉頰比熟成的果子還要透紅。

【肆】失去珍珠的新娘

柯爾克看著她那副表情，忍不住笑意更深了。「妳願意嗎？」

「啊？」她啞聲擠出笑容。

「成為我的妻子。」柯爾克的表情十分柔和，與陽光一樣溫暖。「確實，我也快過了適婚年齡，旅途上多一個伴、互相照應的確很好，但妳可能會很辛苦呢，因為我是個居無定所的流浪者，往後大概也是如此吧。」

「這……這我……知道……」帕卓白瑪結結巴巴地說著，聲音也越來越細。

「我也沒辦法給妳好生活，更別提大房子了。」

她一臉羞怯，眼泛淚光地點起頭。「這也當然……明白。」

柯爾克安靜下來，看著她閃躲的緊張眼神，原本想吐到嘴邊的話語立刻吞回，他壓下胸口盈滿的激動情感，朝她悄悄靠近身子，低頭細聲說了句：「——謝謝妳，白瑪。」

「咦？」她一愣。

「謝謝妳願意看上像我這樣的人。」他似乎是由衷地表達感激，讓她聽得嚇傻了。「如果不嫌棄的話，我很樂意帶妳一起上路。」

「我——我才要麻煩你！今後、今後請多指教。」她連忙彎腰鞠躬，不敢再直直望著他。

柯爾克喃喃說著：「看來我欠德吉梅朵不少呢……啊。」

他抬起頭，順著風的方向望向族園深處。

風將地上的落葉吹捲著，柯爾克感覺肩頭有一陣舒適的力道撫過，但那感覺稍縱即逝。在林立的果樹盡頭，彷彿看見一對年輕的姊妹，她們手牽著手跑開，燦黃色的裙角在樹幹後方一閃而逝，風停了下來，歡愉的嘻笑聲也漸漸遠去。

他被那畫面深深吸引著。

「怎麼了？」白瑪好奇地問。

「我只是在想，妳的莫拉能夠跟姐姐和好就好了呢。」

她露出一抹帶淚的微笑。

「嗯，一定可以的。」

他們並著肩，繼續向遠方前進。

【伍】海上的珍珠

【伍】海上的珍珠

白瑪初次從柯爾克口中聽見「海」的時候，她無法想像一望無際的水面會是什麼光景；在成婚後的兩個星期，她隨著柯爾克下山，這才終於見到「海洋」的真面目。

一對海燕從礁岩飛向空中，乘著北風越過天際與乳白色海灣，身下的碧色淺灘沿伸至藍天邊，彷彿沒有盡頭。海水淺得能清楚看見細沙與貝殼，水草在海潮的推撫中蜷縮、又時而舒展；白瑪興奮的彎下腰，伸手向海水探去，沁涼的溫度讓她忍不住綻開笑顏。

「我以為海水裡只有水呢，就像雪山上只有雪一樣。」她說。

「小心點，別掉下去了。」柯爾克在她身旁坐立不安，不時伸手扶著她的肩膀。

「不會的，我只是看一下！」話雖這麼說，她兩隻手卻已經泡在海水裡拍打，完全沒有要坐穩身子的打算。

「——奥姆勃　迪陶特。」

船夫的聲音喚住了她，白瑪驚嚇地抬起頭，這才想起自己是坐在別人的船上，便連忙抓穩獨木舟船頭的邊緣；站在船尾的船夫朝她微笑，那船夫有著曬到黝黑的皮膚，赤裸著上半身，理著平頭，以熟練的姿勢划著船槳。

「奥姆勃　迪陶特。」船夫又一次開口了。

「呃、呃……」白瑪緊張起來，嘴裡結巴地唸著：「庫、庫哇可……」

「『庫瓦克 阿庫拉克』。」坐在白瑪身旁的柯爾克平靜開口，替她順利解了圍。

「妳是要說這句對吧，白瑪？」

「嗯、啊啊……對。庫——庫瓦克 阿庫拉克。」

船夫聽見他們的回應後，瞭然地笑了起來，唯獨白瑪漲紅了臉龐，縮在男人身旁尷尬地不發一語。她輕輕抓住身旁男人的衣袖，像是想在這搖晃的小船上維持平衡，又或是掩飾自己的緊張；不論用意如何，身旁的男人都溫柔地接納了。

「巴海人的語言好難學。」她小聲說道。

「嗯，他們的口音很重，又和城市語的音調完全不同，沒關係，慢慢來吧。」柯爾克伸手拍拍她的頭，讓她害羞地低下頭來。

——雖然已經立下婚約了，白瑪仍不知道該如何與柯爾克相處。

他們成婚時，並沒有比照金央當時的陣仗，而是匆匆在族人見證下進行簡單的儀式，加上柯爾克趕著將藥草帶下山，白瑪幾乎沒有清閒的時刻，更別說帕卓那一把鼻涕一把淚，卻又不得不替他們送行的詭異模樣。

或許這麼匆忙的行程，對白瑪來說反而乾脆。

……至少不用分神去煩惱這場婚事，究竟是不是正確的決定。

【伍】海上的珍珠

白瑪轉頭眺望遠處的景色，眼角忽然瞥見水中冒出的巨大物體。

「啥……呀！」

她彎身看向海面，一道黑色的身影正迅速穿過船底，從她身後猛然衝出，激起一陣水花；她嚇得大叫起來，伸手抱住了柯爾克的手臂。

「怎麼了？」柯爾克被那親密舉動嚇了一跳，這才注意到他們身後冒出的東西。

「奧庫姆姆！」從海水中冒出來的是個巴海族少女，她黑褐色的臉龐塗了一層不均勻的白色塗料，及肩的短髮濕漉地貼在頸上，清澈的雙眼朝白瑪望去，咧嘴又喊了幾句她聽不懂的語言。

然後巴海族少女舉起了染成紫色的右手，一只白色的軟體生物被她手中的刺槍刺穿，八根觸手在空中瘋狂地扭動著。

「什麼、什麼？她說啥？」白瑪依然緊縮身子貼著柯爾克，慌張地在城市語中混進家鄉的口音。「她手上的東西又是啥！咱要回應她麼！啊啊啊啊？」

「冷……冷靜點，白瑪。講慢一點，我快聽不懂了。」柯爾克回過神來，連忙握住她的手，「那個孩子在和妳問好，她說，手上的章魚要拿來當我們的午餐。」

午餐——？

白瑪瞪大雙眼，先是迎上巴海族少女貼在船沿的微笑臉龐，然後再看往刺槍上那只名叫「章魚」的奇異生物。

——那個扭動的軟東西要吞進肚子裡？

她的視線隨著觸手激烈地來回晃動，差點沒嚇暈過去。

「哈哈！」看見白瑪的反應，巴海族少女開心大笑起來，噗地一聲跳回海中，才沒兩三下便游得老遠。

白瑪順著她游開的方向看去，淺灘不遠處蓋了七、八戶海上木屋，每戶人家至少都有一艘獨木舟；在海裡玩耍或獵食的不只是剛才那名少女，有幾個年紀更輕的孩子也在海上，找尋可以食用的貝類。

看著那些膚色與穿著都與她相差甚遠的巴海族人，以及他們在水中如魚般迅捷俐落的身姿，白瑪驚訝地讚嘆起來，目不轉睛地看著。那就是「游泳」？在她的家鄉，從來沒有「游泳」過，她只看過柯爾克做過一次，但當時根本沒有心情注意這些。

她看得正入迷，此時船夫又朝他們說了幾句，這次柯爾克不等白瑪問起，微笑說道：

「白瑪，看來他們打算辦一場歡迎會。」

「誰？歡迎誰？」

【伍】海上的珍珠

她愣愣地回過神來，才發現所有人都對著她笑。

帕卓白瑪低頭看著自己鮮黃色的連身細肩長裙，為了不要讓行李過於沉重，她把身上的五色串珠都摘了下來，只剩一條珠串腰帶，毛皮外衣也因為太熱的緣故脫掉了；她很少穿得這麼單薄，甚至肩膀也裸露出來，讓她感覺很不習慣。

不過，天氣還不是最讓她困擾的主因……而是手中這盤豐盛的食物——切成好幾段的生章魚、水煮鮑魚與海參——她顫抖地伸手將這些食物捏了起來，又放回盤子裡。

他們被巴海族人帶至海上棚屋內招待午餐，這些房子都是用島邊的木材建成的，只要一到漲潮時間，將房子撐起的枝架就會被海水淹沒。如今她們坐在木屋內，身旁也圍了十幾個巴海族人，開心享用盤中的食物。

「軟的……這個也軟的……」白瑪伸手捏起一塊海參、又捏起一塊軟貝類，當她的手碰上章魚觸手時，突然扭動的觸手讓她險些將盤子丟了出去。「——活的啊，柯爾克！這個還活的！為啥啊！」

「啊……好像是吧……」坐在一旁的柯爾克，以漂亮的雙眼輕輕眨了幾下，看得出來他也有些困窘。「我之前來時，他們也是直接切一切就吃了。」

「所以這個要直接吃？能直接吃麼！」她的臉色和盤裡的食物一樣慘白。

「嘿，奧利瓦！」抓到那隻章魚的少女喚著白瑪，似乎是在叫白瑪看仔細她的動作。只見少女笑著舉起一隻扭動不停的章魚腳，然後一口吞進肚子裡，又舔了舔唇。接著，所有族人都以期待的雙眼看向白瑪，彷彿也希望她照做。

真的可以那樣吃啊——！

白瑪如坐針氈地咬著牙，沒多久便屈服於眾人的目光，也跟著迅速吞下手中的章魚腳，她雙手摀住嘴巴，逼自己也將食物吞進胃裡。

眾人開始鼓掌大笑，像是在讚賞白瑪的勇氣，只有柯爾克一人不安地在旁邊看著。「還好嗎？妳不用勉強沒關係……」柯爾克看著她僵止不動的模樣，突然忍不住有些擔心。

「……嗚。」她的手遲遲沒從嘴邊放下，但臉色從白轉紅，細長的眉毛緊緊皺了起來。「嗚咕……動……」

「動？」

「……感覺……還……在動……」然後白瑪痛苦地吐了一口長氣，彷彿吃這一

【伍】海上的珍珠

口午餐就要去了她半條命。「動、柯爾克……嗚嘔嘔……」

她倒下身子，惹來整棟屋子族人的笑聲。

然而，在這場驚人的午餐之後，她發現這還不是最讓她疲累的事。

白瑪坐在棚屋的門外，聽柯爾克與其他巴海人聊著天，像是在討論柯爾克受託送來的物品，又或者是問候彼此的近況；不管怎樣，她也根本聽不懂半句，只好脫去鞋子，以潔白的小腳潑打腳下的海水。

自從她隨著柯爾克下山後，他們並不是在波玉大城停留，而是馬上又來到城市外圍的海域，柯爾克也沒解釋清楚原因，就算白瑪感到困惑，也只能忍著不問。

只是，她本以為來到這裡之後，有更多時間可以和柯爾克相處的……

「唉呀……我在想什麼。」白瑪忽然驚覺這樣的想法就像在撒嬌，立刻拍拍臉頰甩開這種念頭。唉，搞不懂，為什麼事情會變成這樣呢？為什麼如今來到外地的人會變成她呢？

她低下頭來，大大嘆了口氣。

「奧欣！」巴海族少女來到她身旁，她蹲在一旁，笑盈盈地看著白瑪。

「庫瓦克……呃、糟糕，我忘記該怎麼說……」白瑪只勉強聽出那是巴海族的問候語，便朝那少女尷尬地點點頭。

仔細一看，少女的長像很可愛，額上帶著紋面，圖案是菱形內又包著一個實心的菱形，而兩頰則抹了白色的粉末；她爽朗地咧嘴一笑，似乎也知道白瑪不會說族語，便指了指海水，又做了個跳水的動作。

「什麼?不、我不用……」白瑪連忙搖搖頭，露出驚慌的表情。但少女卻自己先跳了下去，激起的水花立刻濺濕了白瑪的裙角。

「哈哈！」少女的頭從水中浮出來，伸手輕輕扯著白瑪的腳。

「不、不用了！我不會游泳——」白瑪正想將腳縮回來，突然她的身後衝出五個七、八歲的孩子，大笑著跑來將她推進海裡。「我不——哇啊啊啊啊——！」

她就這麼隨著一群孩子跌進海中，冰涼的溫度讓她反應不過來，孩童們的笑聲也淹沒在水中，她顧不得細看海中的景色，連忙胡亂揮動雙手想衝出水面。

當她好不容易將頭探出海面時，立刻發出這輩子從未如此淒厲的慘叫：「柯爾克——！救——咕嚕咕嚕……」她又沉進海裡，吞了好幾口鹹水，眼前的景色忽然又一片碧藍，讓她幾乎分不出方向。

她摀著嘴，在海裡翻滾亂踢，只覺得眼睛和鼻腔都好痛。

——怎麼會這樣！沒人說過海水是這麼可怕的東西呀！

「白瑪——！」柯爾克的聲音彷彿傳進海裡，與氣泡在耳旁破裂的聲響混在一

【伍】海上的珍珠

起。她看見一道黑色的身影跳進海中，以有力的雙手抱住了她，將她拉出水面。「吐掉海水！妳還好嗎？」

「呸、柯、柯爾克，我要成芽了！呸、咳咳——嗚嗚，快救我離開——」她僵硬的雙手緊緊勾住柯爾克的脖頸，雙腳不停在水中掙扎。

只見眼前的男人一臉鎮定的模樣，連忙說道：「白瑪、白瑪，冷靜，聽我說……好了，我抱著妳呢。這片海沒那麼深，妳腳放下來看看。」

白瑪看著柯爾克站得直挺的身子，這才冷靜下來，緩緩讓自己的腳碰到柔軟的沙地，海水正好只到她的脖頸。身旁傳來孩子們此起彼落的笑聲，不知道是在為這對小倆口的親密互動鼓譟起來，還是單純在恥笑白瑪的反應。

「嗚……踩……踩得到。」

「對吧。沒事了，我帶妳走回去……白瑪？」

她緩緩下潛，將頭再泡回海裡冷靜，以免又被柯爾克看見自己漲紅的臉。

帕卓白瑪平安地回到棚屋外，趴在走道上晾乾……不，重新回味陽光的溫暖。

那些孩子似乎早已將白瑪的事拋在腦後，開心地在海裡到處玩耍，她看著那些靈活在水中潛浮的孩子們，忍不住感到一絲敬佩。他們是從海中出生的人，就好像帕卓白瑪在高原中與草原相處那樣自然。

他們在魚群間穿梭，雙腳踏過細軟的白沙與滑溜的礁石，白瑪卻只回想起自己夾著馬腹、提起弓箭追著獵物的回憶。她不敢說自己開始思鄉了，但望著眼前的孩子，她的胸口也忽然緊縮起來。

……是不是太沒用了呢？

還記得在出發到巴海人居住的海灣之前，柯爾克問了她一個問題：「妳覺得旅行者最重要的是什麼？」

當時她思考了好一會兒。「嗯……大概是體能嗎？」

「沒錯呢。不過對我來說，最重要的大概還是『正確的交流』吧。」說到這裡，他揚起一貫的溫和微笑。

「正確的交流？」

「是的。如何順著自然的變化適應、如何接納不同的習俗、以及精確的溝通。也就是說，學習不同的語言也是很重要的事……不過巴海族與妳習慣的語言差異很大，與其多造成誤會，不如先保持沈默來的好吧。」然後，眼前的少年略帶歉意的笑了。

於是，「奧欣」是問候語、「庫利姆」是感謝對方的問候，而「庫瓦克 阿庫拉克」則是「我只會說城市語」——因為他的這番話，她只學了三句話就隨著柯爾克來到海灣。

——可是，她真的沒有為柯爾克造成麻煩嗎？

「白瑪。」

——這樣……真的就可以了嗎？

「白瑪？」

她如夢初醒，猛然從地上抬起頭來。

她這才發現，柯爾克正蹲在她面前，用一種略微困擾的表情看著她。

「起來吧，趴在這裡會擋到人家……」

「呃、啊！抱歉！」她連忙坐起身來，在木板上留下一攤人型水痕。

「我要去隔壁的棚屋那裡看看，他們最近想用一些海產換取物資，問我是否有推薦的貿易商，所以我可能得在那裡待一下子。妳可以在這裡休息，或是和我一起過去也行，如何？」

白瑪頓時覺得心頭一沉，就算她去了也聽不懂半句吧？

「不用了，這裡的風景很美，我就在這裡吧。」她揚起燦爛的微笑，掩飾自己的尷尬。

「妳真的沒問題？」柯爾克的氣息又離她近了幾分，伸出溫暖的雙手貼上她曬燙的黑髮。她臉微微一熱，低下頭不敢對上他的雙眼。他靠得好近，好奇怪，是不是太近了？

「沒、沒有。倒是你……」

「——柯爾克！」一個充滿精神的聲音出現在他們之間，白瑪抬頭看向聲音的主人，竟然是那個巴海族少女，她全身濕漉漉地站在兩人之間，雙手插在腰際上，燦爛地咧嘴而笑。

又是她！白瑪下意識地縮了身子。

柯爾克輕拍她的肩膀，說道：「抱歉，剛剛忘記和妳介紹，她叫芭溫；之前我待在這片海灣時，就是芭溫的家人照顧我的。沒記錯的話，她和妳一樣年紀。」

帕卓白瑪瞄了一眼那個叫做芭溫的少女。她的身材比白瑪矮小，身上穿著寬鬆的亞麻衫褲，但那對雙眼漂亮得像另一片海灣，笑容和天頂的烈陽一樣熱情——但不知怎麼地，白瑪就是會對她感到緊張。

芭溫又與柯爾克聊了起來，中間時而發出爽朗的大笑、時而又高聲哀怨地叫著，

【伍】海上的珍珠

倒是柯爾克維持一派輕鬆的表情，讓白瑪完全猜不透他們究竟聊了什麼。

沒多久，芭溫像陣狂風似地跑走，跳進海裡游向另一座棚屋——這舉動讓白瑪忍不住懷疑獨木舟的實際用途——她趕緊回過頭來，發現柯爾克竟露出意味不明的笑容。

「你們說了啥呀？」

「喔，她問了妳的年紀，還問妳為什麼這麼早就……」突然他顯得有些猶豫，麥色的手掌貼在唇邊無意識地磨蹭著。「抱歉，巴海人講話的方式向來很直接……她問妳為何這麼年輕就與我訂下婚約。」

白瑪呆愣在原處，突然覺得自己真是丟臉；他們在自己眼前大剌剌地討論婚約的事，而自己卻完全不知情？

「十四……十四歲很早嗎？」然而她開口吐出的卻是另一個疑惑：「可是在咱族裡，最快十二歲就能辦成年禮了。」

「巴海人一向晚婚，他們通常十六歲以後才會開始找尋好對象。」

「十六歲？好晚啊。」她微微吃了一驚。「所以你們就說了這些？」

「嗯。」

然後他輕輕拍拍她的頭，聊了幾句之後便離開了，白瑪只好抱膝癡癡望向海面，看炎熱的太陽逐漸落下，海上的木舟來來去去，隨著夕陽拉長了黑影，涼意也漸漸濃厚。

她看著千變萬化的海景，不時抬頭想找尋熟悉的身影，才發覺此刻竟然沒有人能和她一起分享內心的興奮，好像只有她對這些事物感到新奇，像個未涉世事的笨蛋似的。

白瑪環抱著身子，悄悄發出一道嗚咽。

等夜色降臨之後，族人開始聚集起來，在屋邊紛紛掛起火把，並帶白瑪與柯爾克到海灣的沙灘上燃起營火，哼歌跳起奇異的舞姿。

他們的歌聲不但低沉且沒有起伏，讓白瑪好幾次都聽不出所以然來。相較之下，白瑪覺得自己家鄉的曲調高亢動聽多了，時高時低，有如千迴百轉的山陵線，又像平原廣闊無邊。

她偏頭看向柯爾克，在火光下，他俊逸的五官平靜而沉穩，但嘴角一直若有若無地揚起，彷彿心情很好似的。是因為回到他熟悉的地方了嗎？白瑪一邊想著，一邊緊盯著柯爾克瞧，好像不管看再多次，她都永遠看不出柯爾克真正的心思。

——其實就連他喜不喜歡我，也看不出來呀。

她抿著唇，逕自紅起小臉來。

【伍】海上的珍珠

若不是因為柯爾克先主動告白，她大概也不敢去想嫁給他的念頭。

這時，芭溫又走來和柯爾克說了什麼，而且聊得比往常更久；白瑪不安地湊了過去，甚至輕輕抓著柯爾克的衣角不放——這個動作似乎被他注意到了，他停下與芭溫的交談，有些訝異地問：「怎麼了？不舒服嗎？」

「呃，沒、沒有。」白瑪沒料到他會問自己這個問題，立刻像只受驚嚇的小動物縮起身子。「我只是……只是好奇你們在聊啥。」

「芭溫說，他們巴海人有個傳說，」柯爾克微笑起來，在她耳邊輕聲說道：「他們最早的祖先是某個小國的戰士，卻因為公主被人擄走，國王悲憤之下命令他們找到公主才能回國。」

她吃了一驚。「那他們找到了嗎？」

「沒有。他們找得累了，又因為不敢回去，便在這座島住了下來；但只要一有機會，有些士兵仍會出海四處尋找公主的下落，所以巴海人與海神交換條件，一半的人變成人魚去找尋公主，一半的人留在海邊，蓋好房子等待族人光榮歸來。」

「這也太辛苦了！」白瑪驚訝的張著嘴。

「妳聽，他們現在唱的歌，就是呼喚同伴的歌聲，以免人魚們找到公主，卻因為迷失方向回不到岸上。」柯爾克換了個坐姿，一手撐著臉頰，「他們還說了很多故事，要聽嗎？」

「要！要！」白瑪綻開笑顏。

突然一名男人朝柯爾克招手，打斷了他們的談話。「柯爾克！」

他轉而露出無奈的微笑，說道：「抱歉，白瑪，稍等我一會。」

「沒、沒關係，去吧。」

巴海人的宴會持續進行了很久，柯爾克不時會被其他族人拉去聊天，好幾次白瑪都被晾在原處，看著火堆與夜色發愣。或許是晚餐吃的太多吧，她坐著坐著，不自覺地打起了瞌睡。火堆的暖意讓她異常熟悉，聯想起草原上的帳篷屋、掛著五色小旗的營火廣場、以及少女們敲著鈴鼓轉起圈的飛揚裙襬……

風好涼，但火光又好溫暖。

她睡意漸深，最後整個人縮在火堆面前，閉眼睡著了。

等帕卓白瑪再醒來的時候，她已經不在沙灘上，而是在柯爾克溫暖的臂彎裡。

他摟著她靠在牆邊，在海面上隨著浪輕柔搖晃，就連浪潮打著船的聲響也聽來如此

【伍】海上的珍珠

寧靜。

她遲鈍地翻了個身，彷彿還沒搞清楚狀況。

「妳醒了？我正想叫妳。」柯爾克的面容在黑暗中模糊不清，溫柔的氣息在耳畔響起。

「啊！」她整個人彈了起來，結果整個身子撞上牆，讓她驚叫連連。

白瑪的反應使柯爾克不斷發笑。他們躺在房間裡，但以房間而言又太狹窄了，而且不斷晃動。「沒事，這裡是芭溫家的船屋。反正機會難得，我請芭溫讓我們在船屋上過夜。」

「船屋？我睡很久了嗎？」她揉揉眼睛，口齒不清地說著。

「沒多久。而且妳似乎是一邊打盹、一邊被我牽上來的。我本來以為妳醒著，結果一坐下後妳就再也沒反應了。」

她滿臉通紅，希望沒被柯爾克看見。「對，對不起。」

「為什麼？」他微微一頓。

「因為我……我好像一直在給你添麻煩。」

「會嗎？妳今天很累了，睡著也很正常吧。」柯爾克似乎沒注意到她的低落語氣，伸手比向被布簾遮起的船艙入口。「往外頭看看吧，應該可以看見不錯的風景。」

白瑪疑惑地看看布簾，然後才掀開布簾爬向船頭處。

這艘船並不大，像是以獨木舟改良搭上屋棚的。只見芭溫蹲在船頭順著潮水划動船槳，笑著和她打招呼。

「奧欣！白瑪！」她似乎是學會了白瑪的名字，一見到白瑪就開心地炫耀。在月色的映照下，芭溫的雙眼也反映著波光，有如無瑕的珍珠。

「啊……庫、庫利姆。」白瑪連忙回應，讓芭溫驚喜地大笑起來。

「凱呀！」芭溫爽快地朝她揮手，似乎是要白瑪到旁邊坐著。

她爬到船首處坐到芭溫旁邊，才發現他們已經搭著船屋離開村莊好遠，海灣的形狀模糊不清，四周只剩下無邊無際的海洋，將銀月的光芒在水面上切割成片片碎鑽，而在海底深邃的暗處，也隱隱散發出點點白光。

「海水裡也有星星！」白瑪驚訝地彎身望向海面，看著那些光芒在水中飄浮搖動，像是反射出夜裡的星空。

「那是巴海海灣的特色。」柯爾克也來到船首，似乎對白瑪的反應感到有趣。「這片海域的水在夜晚時會帶著點點螢光，有人說是小魚為了求偶發出亮光、也有人說是珊瑚產的卵，不過巴海人普遍相信這是海神的庇佑，也是這片海域充滿生機的證明。」

【伍】海上的珍珠

「好像兩片星空。」她著迷地望著水面，伸手想撈起那些螢光，卻只撈到冰涼的海水。「它們有稱呼嗎？我是說，在巴海族語裡的名稱？」

「這些光點在巴海語裡叫做陶特，意思是海中的美好——還記得船夫早上和妳說的話嗎？意思就是『願陶特保佑妳』。」柯爾克也看著水面，若有所思地說著：「當初我在這裡也待了一陣子，和其他學者一起來的。他們告訴我，巴海族有一百多種關於海水的詞彙，從海上的浪花、深處的暗潮、或是不同月份的潮汐都有其專屬的稱呼……」

白瑪抬起頭來，看著眺望遠方的柯爾克，他的頭髮被風輕輕吹動，眼神中帶著某種獨特的情緒，那眼神也觸動了她，讓她胸口又狂烈跳動起來。

「我覺得，能夠透過語言去瞭解他族的文化，以及他們的生活和感官，是一件很……唔。」柯爾克突然頓了頓，對接下來的用字感到害臊。「——很浪漫的事吧。我是這麼認為的。」

她看著柯爾克的側臉，忽然覺得為之著迷，卻又有些慚愧；她一直以為他是腦筋聰穎的關係，才能精通無數種民族的語言。「我也這麼覺得。」她忍不住開口，不管那是不是一時情緒的附和。

「——白瑪、白瑪。」芭溫突然喊著她的名字，笑著說道：「吉羅庫姆勒奧陶特！」

柯爾克突然「噗嗤」輕笑出聲。

「啊？什麼、什麼？」白瑪興奮地看著兩人。「芭溫在說海裡的光點嗎？」

「不，這次她是說妳的頭上都是曬乾的鹽巴，看起來像抹了鹽的藍吉魚。」

「什麼！」白瑪頓時漲紅了臉，芭溫又說了什麼，讓柯爾克笑得更大聲了。

「——啥？她現在又說了啥！」

「現在是抹了鹽的螃蟹……哈哈！」

「才沒有！騙人！」她尖叫起來，連忙遮起自己的臉，卻讓兩人反應更熱烈了。

看來離語言的學習，她還有很大一段路啊……白瑪抱著頭，忍不住發出羞慚的嗚咽。

等逛夠了以後，他們的船屋回到海灣邊，芭溫將船固定好，便任由他們兩個在船屋裡過夜，自己則回到屋裡與家人一起休息。白瑪將被單披在身上，坐在船首癡迷地望著海灣的夜景，像是要將這寧靜的畫面刻印在腦海裡。

【伍】海上的珍珠

雖然一整天下來，很難稱得上是場有趣的旅途，有無聊的時刻、不安的時刻，也有美好的時刻，尤其光是這夜晚的美景，便讓白瑪覺得值得了。

「那個……我可以問個問題嗎？」白瑪拉著柯爾克的袖口，恍然大悟地看著他。「所以下午你和芭溫聊了那麼久，是在問能不能載我們去看陶特？」

柯爾克似乎愣了一下，沒想到白瑪會突然問起這個問題。「唔，不全是。啊……怎麼說呢……」他別開眼神，抓了抓自己的頭髮。「其實她是問我為什麼不等她領成年禮，當然，我想那只是個玩笑話。」

「啊？」

「對不起，當下實在很難翻譯，又怕沒時間和妳解釋。」他露出困窘的模樣，緊緊握住她的手。「妳在吃醋嗎？」

「啊？」白瑪僵硬地張大了嘴。

「我很難不注意到，從妳見到她之後……所以，我盡量不去找她談話，也坦白告訴芭溫我來這裡是為了辦事，不是和她敘舊。」

「咱……」她臉紅了起來，「不對、咦……等等，我……我在吃醋麼？」

「我和她聊天時，妳的表情似乎都特別緊張；而且還抓我的衣服，一直問我們聊什麼，所以，我以為……所以，妳沒有嗎？」

「我、我沒有嗎？」她愣愣地反問。

柯爾克先是驚訝地沉默了會兒，然後擔憂的表情轉為放鬆下來的微笑。

她這下真的被搞糊塗了。「笑什麼呀？」

「覺得妳的反應很可愛。」

「什麼——」白瑪聳起雙肩，對這突如其來的直白發言給嚇著了。

他沒有說話，反而是伸手褪下白瑪身上的被單，從背後溫柔地將她擁入懷中。

「咦？怎、怎麼……」

赤裸的雙臂立刻感到一陣寒意，背後卻傳來柯爾克溫暖的熱度，他的大手環扣住白瑪的腰際，雙唇在她的肩頭遊移，像是不著痕跡的吻，又像是讓人微微顫麻的磨蹭。她下意識弓起了腰，發出輕輕的笑聲。「好癢。」她笑得渾身亂顫，男人也笑著，重新將她摟得更緊，嘴中吐出長長的嘆息。

「白瑪，對不起，我有很多話想對妳說。」

白瑪嚥著口水，渾身熱了起來。「那就說呀。為什麼要道歉？」

「因為我不曉得該怎麼開口才好，」他的唇貼在白瑪肩上，語氣帶著疼惜。「成婚後的這段時光，感覺就像作夢一樣，深怕一說話……就醒過來了。」

她吸著氣，困惑地望著星空發愣，兩人就這麼擁抱著，直到白瑪總算意會過來。

【伍】海上的珍珠

——原來如此。就像她會在意柯爾克的想法，他也同樣在乎白瑪的想法。

白瑪臉頰微熱，悄聲回應：「柯爾克，我想聽你再說那句話。」

「我喜歡妳。」他毫不猶豫地在她耳邊低語，「白瑪很可愛，我真的很喜歡白瑪。」

「——嗚。」她發出一聲嗚咽，「就算我被章魚嚇得半死？」

「嗯，努力吞下去的模樣很可愛。」他發出輕笑。

「就算差點掉到比自己矮的海水裡淹死？」

「嗯，抓著我向我求救的模樣也很可愛。」幾乎是肯定的語氣。

……這樣的可愛真的算是誇獎嗎？白瑪不但開心不起來，反而更茫然了。

「那……」她含糊不清地再次開口：「就算、就算我……可能真的在對芭溫吃醋……？」

當說完這句話後，她感覺到後頭的男人猛然吸了一口氣，雙手的力道也加重起來，白瑪輕呼一聲，不知道為什麼，她竟覺得彼此之間的觸碰讓溫度更加灼熱，就連氣氛一瞬間也變得害羞起來。

「什麼意思？」他壓抑著聲音問。

「我……不曉得你在煩惱什麼，但是，我其實沒那麼……討厭你。」白瑪囁著口水，接著道：「要說開心麼，我也不肯定，或許，我比你更不瞭解什麼是『喜歡』的感覺。被你告白那次，我其實很害怕……因為太害怕了，所以逃走了。」

柯爾克眨了眨眼，似乎正想說些什麼，於是白瑪吸著氣，搶先道：「但是——我不是在怕你。我若是怕，就不會跟阿媽說了。我怕的是離開家、去陌生的地方、說陌生的語言，我怕的——或許是『嫁人』這件事。我擔心的事情裡，沒有一樣是關於你的。」

「……。」

「該說的我說了，換你，唔，換你讓我安心了。」白瑪扭捏著身子。

「白瑪，」柯爾克微啞的嗓音讓她險些失去思考的能力，「我可以吻妳嗎？」

「咦？這、不是這樣吧！」白瑪的肩膀僵硬起來，漂亮的眼珠子四處張望，「不能用別種方式嗎？何況，萬一有人看到……」

「說得也是啊。」後頭傳來一聲感嘆。

於是他沒再多說什麼，放開白瑪逕自往船艙內走去，「咦？」白瑪慌張地看著他黯然離去的舉動，連忙抓著被單跟在他身後爬了進去。「啊、呃、柯爾克，你沒別的要說了嗎？等等呀，別走，我只是想——」

她還沒說完，便被柯爾克抓住了手腕，拉向船艙漆黑一片的空間裡；她才意識到自己根本是踏入男人設下的陷阱。在黑暗中，她跌向他懷裡，接下來的事迅速到白瑪還來不及明白發生了什麼。

溫熱的氣息在唇邊探索，他彎下頭，在她的臉頰落下輕柔的吻。

在那一連串的吻下，白瑪感覺胸口填滿甜美的情緒，耳膜彷彿被漲潮的水浪不斷拍打，鼓動的靈魂撐佔了她逐漸失去意識的身軀；她環抱住他，輕閉上眼，世界如此安靜，直到只剩下彼此的聲響。

他們相擁著，在靜謐的浪聲中漸漸睡去。

【伍】海上的珍珠

「妳覺得怎麼樣？」

「這……真的可以嗎？」

「嗯，我跟巴海人用比較划算的價格買的。雖然不是項鍊……」

「沒問題的！這個很漂亮，我——我很喜歡！比項鍊更喜歡！」

他們才一離開海灣，回到大城市不久後，柯爾克就送給她一份禮物。

那是細緻打磨而成的象牙髮梳，上頭還鑲了一朵朵銀製的白蓮花，以珍珠做為花心，精美的工藝讓白瑪看得不斷稱奇。她的臉頰暈開一片霞紅，不停將它放在陽光下觀看，就連戴起它的時候都小心翼翼。

「珍珠是和巴海人直接買的，他們替我找來品質很好的珠。」他看她緩緩將髮梳插在黑髮上，也跟著漾開了笑意。「果然很漂亮。」

「喔，所以你一聲不響地把我丟下，就是為了跟他們買珍珠？」她假裝沒聽見柯爾克的讚許，反而鼓起小臉。

「一聲不響地丟下妳？」他倒是沒想到白瑪會用到這種指控，連忙尷尬的掩住自己的臉。「呃……我懂了。抱歉，看來我老毛病又犯了……」

她嘻嘻笑著，「接下來你還要去哪？」

「──妳生氣了？」

「沒有。」她挽起他的手，揚起燦爛的微笑，「如果你走得太快，大不了追上就得囉。我對自己的腳程自信得很。」

「……有時覺得妳還真厲害。」意外地，他發出一聲感嘆。「或許，比我們任何人都厲害吧。妳果真是高原的精靈。」

「什麼意思？」

「沒，肺腑之言罷了。」

【伍】海上的珍珠

他牽起她的手，與那溫暖的掌心互相貼緊。

【終】返鄉

【終】返鄉

一個月後，他們再次回到芽族。

除了禮俗規定新娘必須返家之外，柯爾克正好也需要再和帕卓確認藥草合作的事，所以當他們回到芽族時，是搭著芽族商人的順風車回來的；柯爾克看著白瑪眷念的神色，才發現他自己也跟白瑪一樣，渴望這座高原的溫柔迎接。

「咱們回來了呢。」白瑪迎著風，興奮地呵呵笑著。

「嗯。」

他們看著天空，視野在進入山谷之後開始遼闊，芽族的彩色帳篷就在遠處，像綻放的花田點綴整片草原，白瑪就像以前做的那樣，她露出笑容，收緊馬腹，以最快的速度拋下車隊與柯爾克回到家中。

「白瑪！跑那麼快回來，還以為妳受委屈了呢。」

「阿媽，我很好！」

「哪可能？妳這孩子從不讓人操心，如果真受了委屈，妳要說……」

「阿媽，我真的沒事。妳瞧。」

白瑪雙手一張，珍珠髮梳立刻讓阿媽看傻了眼。

「啊！這是！」

或許是那手工藝太過精緻，讓阿媽興奮地叫了聲，芽族女人們頓時都被聲音吸引過來，一個個圍在白瑪身邊，看的並不是她，而是她手上的珍珠髮梳；女人們興奮圍成了圈，每個都伸出手來想摸上一把，將白瑪嬌小的身影掩蓋了。

——當柯爾克隨後來到芽族時，看見的就是這樣驚人的畫面。

「……怎麼回事？」

「不錯啊，柯爾克！你可真是帶了不錯的東西回來！」帕卓走了過來，搭上柯爾克的肩膀，力道猛烈到將他幾乎是拖下馬來。帕卓咧嘴露出一口白牙，笑聲震天，將柯爾克用力摟在懷中，他心有餘悸地站穩身子，險些以為帕卓是要掐死他。

「髮草的採收還順利嗎？我上次帶了樣品到波玉，商家的反應都很好。」

「順利，當然順利，你想要多少有多少！」帕卓熱情地說著，突然又壓低聲音道：「但是，你們回來的不是時候……如果你們不介意的話自然是沒差，不過……」

「什麼？怎麼回事？」

「——金央回來了。」帕卓尷尬地說著。「畢竟，因為那個嘛，出嫁的時間差不多……返鄉的時間自然也……」

【終】返鄉

「喔，在哪？」

「在樹園那。她在替德吉梅朵澆水呢。聽好，柯爾克，你先別讓白瑪先知道，我知道這很突然，萬一她沒準備好——」

「阿帕，你嗓門那麼大，我都已經聽見啦。」白瑪的聲音從人群裡鑽出，笑嘻嘻地接著說：「柯爾克上山前就想過會有這狀況了，確認我不介意之後，他才帶我回來的。」

帕卓瞪大眼睛愣了愣，粗厚的大手用力拍在柯爾克背上。「好啊！你怎麼沒告訴我？害我緊張得要死！」

柯爾克忍著笑意，只能連忙道歉。

隨後他們兩人來到族園，樹枝上，布條輕輕飛舞，顏色與果子一樣鮮艷，有新長的幼樹，也有即將枯死的老樹；柯爾克這才想起，族園似乎一直維持著穩定的平衡，只要有新生的果樹茂盛成長，必定會有同樣的老樹壽終正寢。在外人眼中，那簡直是芽族人「第二次死亡」。

那時候果樹會被砍掉，做成家具、弓箭或飾品，成為族人生活的一部份。這樣的循環讓芽族人生生不息，在高原裡維持穩定的生活，每當柯爾克想起這件事，都還是羨慕不已。

因為，那很可能代表芽族人從來沒有「死」過。他們的生命化為食糧，延續族人的性命，並將精神永遠傳遞下去，以各種不同的形式支撐芽族人的生活。以這種方式過活的芽族人，不正是恰恰印證了「生」的真諦？

他著迷地想著，白瑪卻突然輕輕扯了他的手。

「柯爾克……你想，金央過得好不好？」

「等會兒問她不就知道了嗎？」

「也是呢，我有好多話要跟她說，我已經等不及了！」

看見白瑪那麼有精神的模樣，柯爾克不自覺鬆了口氣。

他們深入林子，果然看見金央蹲在地上，盯著一株幼樹瞧。在她身後站著一名高大魁梧的男人，身上穿著華貴的皮衣、戴著紅瑪瑙項鍊、長長的黑髮隨意紮成馬尾，剛毅的五官竟與金央有幾分神似，但柯爾克一看就知道他是丹巴——那原本該成為白瑪丈夫的男人。

「金央，他們來了。」丹巴似乎先注意到他們，於是伸出指頭輕輕碰了金央。金央這才站起身來，看了看白瑪與柯爾克。露出一抹無奈的微笑。「唉呦，果然如我所料。好妹妹，波玉的生活怎麼樣？好玩麼？」

「姐姐……」白瑪咧嘴露出笑容，朝金央走了幾步。

【終】返鄉

但她臉色驟變，就連笑容也壓不住心底的激動，白瑪頓時淚如雨下，像個孩子大哭起來。這轉變過於突然，讓所有人都愣在原處，只有金央一人走向她，將白瑪用力摟在懷中。

「姐姐！姐姐！」

「好妹妹，姐姐在這兒呢。」金央顫抖著聲音，也落下淚來，咬著嘴唇說道：「對不起呀，白瑪，是姐姐對不起妳……」

「嗚嗚——姐姐——」

或許是想說的話實在太多了，白瑪一時之間無法言語，只能拚命搖頭，雙手抓緊金央的衣衫不放，這是繼白瑪結婚之後，柯爾克首次看見她又落淚。果然，解鈴還需繫鈴人，當白瑪哭出聲後，柯爾克就明白她沒事了，不如說，她會沒事的。慢慢會好起來。

「行啦，哭甚麼呢？瞧得我怪尷尬的。」

最先出聲的是丹巴，他一手叉著腰、一手搔著後腦，表情不自在地望向別處，姐妹倆這才收聲，破涕為笑地擦去淚水，但還是將彼此的手牽得老緊，就像以前那樣。

「走吧，妹妹，去我和丹巴的家。讓我招待你們一次。」然後金央抬起頭，對上柯爾克的視線，意有所指地說道：「就當我欠的。來吧。」

四人在順利完成返家儀式後，一起離開芽族聚落，來到丹巴在山腰上的住家；這裡雖然樹木生長得茂密，但同樣都是無法食用的銀果樹，拿來燒柴勉強能行，所以住的也是帳篷屋，只是貿易更便利的緣故，丹巴家收藏許多來自大城的外來品。

「這是銀壺、這是特地運來的木製桌椅，聽說你們波玉人喜歡泡茶，我這兒也有。如果想喝酒，也行，任你們隨意選。」丹巴逐個向柯爾克介紹帳篷內的擺設，臉上盡是得意的表情，甚至帶著一股不願輸給波玉人的傲氣。

「那就不客氣了。」柯爾克微笑點頭，與他們一起坐在椅子上。雖然地上明明鋪著品質極好的編織地毯，卻無法席地而坐，讓他忍不住感到可惜。

最後，眾人選擇喝酒，他們喝著用族木果子釀成的酒，配上肉乾與蔬菜一起進了肚，在酒酣耳熱的氣氛中，整個帳篷內都是姐妹倆的聲音，她們聊得熱烈，彷彿十年沒見面似的。

金央一直追問波玉城市的事，追問海水是什麼模樣、什麼顏色、是否喝起來跟

【終】返鄉

糖一樣甜，她們拚命聊著大城市的風景，或是聊丹巴威武的狩獵技術，但是對婚禮一事，兩人默契地隻字不提。

等白瑪喝得七分醉，她聲音越來越軟，最後不醒人事，直接靠著柯爾克的肩膀睡著了，其他人才意識到時間已將近深夜，便將柯爾克與白瑪留在客用帳篷內歇息，丹巴回到他的主帳篷，金央卻仍坐在原處，把玩著酒杯，不肯離去的模樣。

「真奇怪呢。你不覺得嗎，柯爾克？」金央垂下眼簾，望著靠在他肩膀旁的白瑪。

「奇怪什麼？」

「我嫁給了丹巴，而她嫁給了你。這還不奇怪麼？」金央的眼睛瞇成了線，就連說話都有幾分慵懶。「剛才聊了這麼多波玉城的事，我都還沒說我和丹巴的事呢。柯爾克，你想聽麼？你在意麼？」

「一點也不奇怪，這都是我們每個人的選擇。金央，妳也已經醉了吧。」

「醉？還早呢。」金央笑開了，「我知道這事只能說給你聽了，只是因為這樣而已，如果不這時候說，以後我也不會說了。當時，我假扮成新娘，坐在白瑪的位置上，等著大家將我抬進轎裡。對呢，我是故意的。」

柯爾克放下酒杯，他沒有回聲，卻很想在此刻緊摟住白瑪——哪怕她睡熟了沒聽見，哪怕她甚至不介意了——但他就是想抱緊她。

「見到丹巴後，我立刻向他坦白一切，還向他下跪求饒，求他試著接受我一次……甚至只有一天也行，讓我證明自己是個合適的妻子。真詭異，我腦袋一片空白，完全不曉得自己在做什麼，害怕得淚都流下來了……你懂那感覺麼？」金央恍惚地說著，聲音越來越細。

「我懂。」柯爾克輕嘆起來，「我向白瑪求婚時，也是那種感覺。」

「真的？」

「我原本打算一股作氣離開芽族，但當時不知道怎麼……有一種強烈的感覺，覺得自己不這麼做不行，所以才貿然向白瑪開口。」

「唉呀……」金央臉微微一紅。「嗯，是呢，我想也沒想過你會在這時娶走白瑪，你這傢伙……總是把心事藏得很深，當阿帕跟我說你們結婚時，我嚇得眼珠子差點掉下來。你真是……讓人意外。」

柯爾克苦澀地笑著。「白瑪確實接受了我，就像丹巴選擇了妳一樣。」

「確實啊。結果他將我扶起來，唉，你可知道他說了什麼？」

「不曉得。」

「他說，只要我活兒幹得好，是個有用的女人就行。」說到這裡，她發出一道

【終】返鄉

不合時宜的笑聲。「我什麼都輸白瑪，偏偏就家事最拿手。所以他選擇我。他……說他更需要我。」

柯爾克思索起來，「這算好事吧。」

「算吧。我好幾次想過，如果白瑪嫁進來會是什麼情況……她肯定會被嫌個半死，沒辦法，白瑪笨手笨腳的，也難怪阿帕特別擔心她沒人要。唔，你覺得呢？山神沒有吹斷我們的五色旗，這事真的只是巧合麼？是祂實現了每個人的願望麼？」

「我的願望……不是妳想的那樣。」

「喔，難道不是希望白瑪幸福？」

「不是，我的願望是『希望能每天都能見到白瑪』。」柯爾克微笑起來，這次他真的伸手摟住白瑪，將她的氣息擁入懷裡。「幸福這種事情，是連神明也給不起的，所以我不會許下那麼奢侈的願望。但如果我每天都能見到她的話……就能親手給她幸福了。」

金央沉默了會兒，才開口笑道：「原來如此。白瑪果然嫁給你是對的，啊，這話由我來說不大好。但我是真心的這麼想。」

「無所謂，白瑪也跟我說，她覺得妳和丹巴很般配。」

「真的？啥時候？」

「在剛剛來之前的路上。」

「啊——真是的，真是的。」金央的表情像是要笑，又像是要哭，她一手遮起眼角，發出細細的嬌嗔。「傻妹妹，真是傻妹妹。我就氣她這點。」

「她還是那麼愛妳，認為妳值得嫁給好丈夫，我以為妳應該會高興才對。」

「才不高興呢。在阿帕面前，我從沒贏過白瑪一次，不管做得再怎麼好，大家似乎永遠都只疼白瑪，我好不甘心。」金央仍撐著臉頰，嘴角生硬地扯起。「現在，總算是給我掙贏了一回。固然是高興，但代價也未免太大了。」

金央吸著鼻子，她不著痕跡地抹去淚水，抬起頭。

「我差點沒了妹妹，還錯過莫拉的葬禮。只因為我搶了婚、住在山下，所以來不及回家……呀，感覺好差。好不容易贏了，卻成為最差勁的孫女。我永遠不會忘記這種感覺。」

「金央，妳有沒有想過……」

「我想過。」她用力打斷柯爾克的聲音。「不管你要說什麼，我都已經想過了。我可不是憑著一股衝動行動的，我重視白瑪，她是繼莫拉之後最重視的人。但我知道最後自己還是會選擇這麼做。柯爾克，我這人呢，大概也就只能這樣了。」

她站起身，甩著耳環走向門邊，發出刺耳的叮噹聲響。

【終】返鄉

「等白瑪醒來……如果你願意信任我的話，就轉達給她聽吧。說我會努力做個好姐姐，我會一直在這裡待著，如果她累了、想回家了，隨時可以過來。」

「好。」

「謝謝你，晚安。」

「晚安。」

柯爾克看金央走出帳篷，他想了想，便將白瑪安置在床鋪上，然後他盤腿坐在少女身邊，輕輕撥開她的頭髮，撫過她微紅的臉頰，直到她漸漸轉醒，神情迷茫地看著柯爾克。

「唔呀……我睡著了麼？」

「是呀，他們都走了。」

「真的？我還……唔……這樣啊……我還想跟金央說說話呢……」

「妳想說什麼？」

「我想……跟她說……巴海好大，簡直望不到盡頭……」

「放心吧，這個妳已經說過了。」

「真的？」白瑪半夢半醒地咧嘴笑著。「那就好……你怎麼了？為什麼不過來躺著？」

「我突然在想，妳們爬山、向山神祈求，是否也是『神契』的一種過程。」

「唔……為什麼突然在想這個？」

「因為，我原以為山神給你們的是賜福與禮贈，後來想想，凡是人類想要許願的話，都必定得付出相應的代價吧。就像做生意一樣，沒可能穩賺不賠的道理。不管是妳還是金央，在許願的同時，也都失去了一點東西。我是這麼想的。」

「那麼——我的代價會是什麼？我會失去什麼？」柯爾克柔聲說著，指尖摸得讓白瑪雙頰發燙。「——我現在就是在思考這件事情。」

她嘸著口水，主動握住他麥色的指尖。「放心，山神只會拿走與願望相應的代價，如果超過那人能承受的結果，山神怎樣也不會允諾的。」

「是嗎？」

「睡唄。只要是付的起代價，遲早都能熬過去的。然後，人們就能盡情享受快樂的感覺了。」她拉著他的袖口，露出甜甜的笑容。

看見那份笑容，柯爾克也無話可說，只能依著她的話躺下來，與她的額頭互相倚靠著。

金央或許是自私的，但誰不是呢？他雖然許下願望，希望天天都能見到白瑪……

但這句話只是想要得到白瑪的另一種說法罷了，連心底話都如此迂迴，他自己也感

【終】返鄉

到可笑。

柯爾克小心翼翼地環住她的腰，在溫暖的被褥下，他的唇貼著她的肌膚，每個吻輕如絲綢滑過白瑪的肩頭、脖頸與臉頰，吐出的氣息也越發火熱。白瑪洩出幾聲嗚嚶，他才回過神來，停下親吻的動作，如視珍寶般擁她入懷。光是這樣就已讓他內心充實，甚至因漲滿的情緒感到絲微痛苦。

從什麼時候起，他的目光已經無法從這女孩身上移開？

是她站在馬兒上、露出難得銳利眼神的時候嗎？是她在前方草原回首，帶著笑容要柯爾克跟上的時候？還是她在寒冷的雪峰上，衷心祝他找回幸福的時候？

他始終無法說清自己何時對白瑪沉迷，唯一能確定的，就是他現在絕不願意失去她。

對於擁有這樣自私念頭的柯爾克，白瑪竟也接納了。就像她也接納了金央的過錯。

「白瑪，其實妳討厭過嗎？對我……」

他鼓起勇氣，正想開口確認，卻發現白瑪又睡去了，他只好默默收回那份疑惑。

或許是喝了酒的緣故，夜晚時睡得特別沉，卻也讓他醒得早。

柯爾克還未天亮就清醒過來，醒來時一身冷汗，而且異常地神智清明，沒有半點昏沉的感覺；他坐起身，火盆正好燒到只餘灰燼，他趕緊添點柴火替白瑪取暖，然後披上大衣走出帳篷。

天才剛要轉亮，仍沒有半點亮光，只聽得見稀疏的鳥鳴，除了幾個主帳篷之外，柯爾克眼前是一片高大的銀樹林，還飄著淡淡的霧氣，他抱著胸口，不知怎地，連個火把也沒帶就走進晨霧中。

——為什麼會想走進樹林來呢？

柯爾克忽然冒出這份疑惑，就在他覺得應該要回頭的時候，一名女子的身影卻從對側霧中悠然出現，身後跟著兩名侍從，直直往柯爾克的方向走近。

那名女子的衣著像芽族人，衣料卻像雲霧般輕盈，標緻出眾的五官畫上妝容，烏黑的長髮梳成華麗的髻，即使是暗淡無光的樹林，她美麗的模樣依然清晰烙印在柯爾克眼中。

「停下腳步，少年。」那名女子盈盈笑著，聲音帶著不自然的空靈感。「本座注意你一段時間了，為了與你說話，本座特地以這副模樣前來會面。」

「……咦。請問，妳是？」

女子以衣袖遮起豔紅的嘴唇，並沒有回答他的問題。

「曾有人說，這片蜉生大陸又稱之為『藏神鄉』，是因為人們為了居住於此，

【終】返鄉

而將神明藏了起來；另一種說法，是神明自己躲藏起來，將土地讓給人民使用。從此，人神之間就此產生了界限，唯一能證明彼此有所連繫的方式——正是人們的『願』。」

柯爾克心頭一驚。

「妳……難道是指『神契』嗎？」

女子彎起雙眼，但那眼神並不讓人舒暢或欣喜，反而讓柯爾克從腳底升起一陣寒顫。

「是的。」女子的聲音充滿力量，細長的雙眼閃爍著光輝。「人們說如願以償，但本座以為，『償』可不是只有實現願意的意思。你剛才問本座是誰，就在此時回答你吧——本座又名貢堂瓊吉，乃掌管此地的女神。」

柯爾克倒抽一口寒氣。

他沒有出聲，腦中閃過的念頭卻盡是與白瑪有關。

直到女神再度開口，讓他險些停止呼吸——

「你的『願』已完成了，現在，該是來談談『償』的部份了。」

後記

後記

芽族的構想來自一場夢，我夢到自己只剩一天的性命，便拖著閃光去逛了各種地方，在最後去了自己最愛的書店，然後心滿意足地變成一株小樹後消失，閃光站在原處，苦笑說：「真是的，怎麼健忘到連顆種子都不留給我。」

——這就是芽族故事的起點，嚴格說起來是整個《藏神鄉》的起點。

當初我把小說的構想提給別人聽時，有人說「妳對親情之類的沒經驗吧」、「感覺是刻意悲劇的故事」……不過很高興最後的成品推翻了這些想法。

從以前我就對西藏高原抱著某種美好的想像，甚至認為西藏是片宗教淨地，直到我讀到西藏宗教的鬥爭歷史……呃嗯。最後我決定把那些想望也一併揉合進小說當中，做為自己天真的紀念。殘酷的大地、堅毅的人們、努力生存的意志力，真的很有性格。辛苦了，也謝謝。

《藏神鄉》是我第一部嘗試東方風格的小說，以前寫的都是西方風格居多，一直覺得自己文字造詣不好，所以懼於挑戰東方題材，深怕寫不出那種感覺；在寫的時候其實很痛苦，覺得很多用字不夠精緻優美……結果讀過的朋友反而說很有我自己的味道，甚至是只有我才寫得出來的風格，真的很意外。我原本是想挑戰商業性的故事，結果現在卻成了一本極度我流的作品。

猜想不會有出版社想收這本書，所以原本打算將《藏神鄉》公開網路連載就好，但是收到斑馬線邀稿時，我還是忍不住想看看它擺在書市上會是什麼光景；這本極度自我、青澀卻又傾注大量心力的書，究竟會得到讀者的垂青？還是會認為它不夠商業而覺得嫌棄？我終究還是想聽聽更多人的聲音。

那麼，以下感謝名單——給了我勇氣的閃光、邀稿出版了這部作品的斑馬線出版社、認真讀了作品又畫了這麼多精美彩頁與插圖的MOMOKO、為我畫下這麼多細緻繪作的梓梓、始終愛我如一的雙子、修文時給了我好建議的葉子。

最後，附上網路版連載時，梓梓替我畫過的所有《藏神鄉》相關插圖。有QR Code跟縮網址，歡迎大家前往觀賞。

不管是梓梓或是MOMOKO，兩位繪師都對我的作品投注相當多的精力，尤其封面的白瑪，在衣著細節與光影表現都很下工夫，大家可以拿放大鏡好好欣賞一下（？）。總之，真的非常感謝兩位，希望今後也能繼續與兩位合作愉快！

goo.gl/iQutGc

斑馬線輕小說白金殿堂文庫

藏神鄉 上篇

作者 月亮熊
插圖 MOMOKO
題字 邢悅
設計 林群盛
排版 林易宣

藏神鄉 Project

策劃 林群盛
原作 月亮熊
視覺 MOMOKO
漫畫 若月凜
編輯 黃馨瑩

發行人 洪錫麟
社長 張仰賢
主編 施榮華
製作 藏神鄉 Project
出版者 斑馬線文庫有限公司
總經銷 楨德圖書事業有限公司
地址 新北市新店區寶興路 45 巷 6 弄 7 號 5 樓
電話 02-8919-3369
傳真 02-8914-5524
製版印刷 龍虎電腦排版股份有限公司
出版日期 2017 年 3 月
ISBN 978-986-93908-6-6
定價 210 元

輕小說 ライトノベルプラチナ 白金殿堂

斑馬線 Zebra crossing Publishing

國家圖書館出版品預行編目(CIP)資料

藏神鄉. 上篇 / 月亮熊著. -- 初版. -- 新北市 :
斑馬線, 2017.03
面； 公分
ISBN 978-986-93908-6-6(平裝)

857.7 105025095